KB186842

발타자르
그라시안의 말

발타자르 그라시안의 말

초판 1쇄 발행 | 2023년 3월 15일

지은이 | 발타자르 그라시안
옮긴이 | 윤상원
펴낸이 | 김형호
펴낸곳 | 아름다운날
편집주간 | 조종순
북디자인 | Design이즈

출판등록 | 1999년 11월 22일
주소 | (05220) 서울시 강동구 아리수로 72길 66-19
전화 | 02) 3142-8420
팩스 | 02) 3143-4154
e-mail | arumbooks@gmail.com
ISBN | 979-11-6709-018-8 (03870)

발타자르
그라시안의 말

Baltasar Gracian

사람의 마음을 얻는 인간관계

발타자르 그라시안 지음 | 윤상원 옮김

아름다운날

옮긴이의 말

    이 책은 독자에게 '겉치레보다 내실을 다지라'고 조언한다.
또한 '포장을 잘해야 결점도 가리고 기회도 잡기 쉽다'고 충고한다.
이렇듯 상반된 조언과 충고 사이에서 독자는 어느 장단에 춤을
추어야 할지 헷갈릴 수도 있을 것이다.

    세상은 한 입으로 두말하는 사람을 반기지 않는다. 신뢰를 할
수가 없어서다. 그렇다면 이 책도 신뢰할 수 없는 책일까? 전혀
그렇지 않다. 이 책의 원전은 17세기 스페인에서 쓰였다. '360여
년'이라는 시차와 '유라시아 대륙의 서쪽 끝에서 동쪽 끝'이라는
공간을 뛰어넘어 전 세계에 번역되고 있는, 그야말로 동서(東西)와
고금(古今)을 아우르는 것만 봐도 신뢰지수는 최상급이라 할 수
있다. 더구나 일찍이 대철학자 니체는 "유럽에서 발간된 가장 확실한
인생지침서"라고 극찬했으며, 깐깐하기 그지없는 쇼펜하우어도 직접
독일어로 번역하는 수고를 마다하지 않았다.

이처럼 유럽 철학의 거인들을 감동시킨 책의 저자 발타자르 그라시안의 직업은 뜻밖에도 수도사였다. 그는 1601년 스페인 아라곤 지방의 벵몰트에서 의사의 아들로 태어났다. 15세에 발렌시아의 사라고사 대학에서 철학을 공부할 만큼 총명했으며, 18세 때는 예수회 회원의 일원으로 활동하기 시작했다. 날카로운 통찰력과 풍부한 학식에 기초한 강론으로 일찌감치 지도신부의 위치에 올라선 그는 탁월한 도덕론 저술가로서도 이름을 드날렸다. 그 시기에 그는 스페인 국왕의 고문 자격으로 마드리드 궁정에서 철학 강의와 설교를 하는 영예를 누렸는가 하면, 교단 상부의 재가 없이 저서를 출간한 죄목으로 감옥에 갇히는 고초를 겪기도 했다.

한때 금서로 묶였던 발타자르의 저서들은 엄격한 스콜라 철학과 풍요로운 고전주의적 인문 교양에 기초한 고급스러운 수사와 재기발랄하고 해학적인 표현으로 가득하다. 내용을 보면,

1646년 출간된 『신중한 사람El Discreto』은 윤리적인 행동에 관한 포괄적인 지침을, 1647년 나온 『영웅El Hero』은 이상적인 인간형을, 같은 해 선보인 『세속적인 지혜의 기술El Oraculo manual y arte de prudencia』은 세속적인 삶에 필요한 잠언을, 그리고 1657년에 발표된 『비평가El Criticon』는 철학적 소설로, 인간의 세계를 바라보는 자기 인식을 다루고 있다.

이 가운데 가장 널리 알려진 것이 이 책의 원전인 『세속적인 지혜의 기술』인데 제목만큼이나 세속적인 인간사, 즉 허영심과 이기심 그리고 변덕과 사심으로 들끓고 있는 인간 세상에 대한 냉철하고 현실적인 처방이 놀라울 정도이다. 자신이 상대하는 사람을 섭씨 99도의, 끓어넘치기 직전의 물처럼 조심스럽게 다루라는 조언은 말 많고 탈 많은 세상을 사는 우리가 금과옥조로 삼기에 모자람이 없다.

물론 착하고 정직한 삶을 살라는 교집을 기대한 독자라면 당황할지

모른다. 여기에는 경쟁에서 이기는 방법과 인간관계를 발전시키는 요령, 그리고 자아 실현과 성공적인 인생을 살아가는 기술 등 당장 생활 속에서 요긴하게 쓰일 '실용적인 지혜'들이 가득하기 때문이다.

흔히 현실로부터 공중부양하기 쉬운 '좋은 말씀'과 달리 인간의 본성과 현실 상황에 현미경을 들이댄 '실용적 지혜'는 어떤 경우에는 겉치레보다 내실을 강조하고, 어떤 경우에는 적절한 포장술을 권고하는 유연함이 돋보인다. 그것이 이 책이 마키아벨리의 『군주론』과 손무의 『손자병법』에 비견되는 최고의 인생지침서로 평가받는 이유이다.

차례

I

사람의 마음을
얻는
말과 행동

I

근거 없거나
지나친 찬사는 삼간다

어떤 일이든 과장하지 마라. 귀중한 것일수록 미사여구를 써서 포장하면 안된다. 진리를 왜곡시킬까 염려가 되기도 하지만, 올바른 판단을 내리기 위해서도 과장해서는 안된다. 사람들이 상대방의 호의를 얻기 위해 쉽게 찬사를 늘어놓지만, 찬사는 절대 가볍게 다루어서는 안된다. 거짓 찬사에 헛된 기대를 가졌던 사람들이 실체를 확인하면 크게 실망하여 차갑게 외면한다. 어떤 일을 과장하는 것은 거짓이나 마찬가지로 위험하다.

2

농담과 진담을
적절하게 섞어 쓴다

　농담을 입에 달고 살지 마라. 진중할 때 이성은 더욱
돋보이며 우스갯소리를 할 때보다 더 많은 명성을 안겨준다.
농담을 입에 달고 사는 사람은 진중한 일을 할 수가 없다. 사
람들은 그를 진실한 사람으로 보지 않는다. 그런 사람은 논리
에 맞는 말을 해도 남들로부터 신뢰를 얻을 수가 없다. 쉴 새
없이 떠벌리는 농담만큼 실없는 것도 없다. 코미디언이라는
말을 듣는 사람도 있지만, 그 대가로 지혜로운 사람이라는 명
성을 지불해야 한다. 그러므로 잠시 농담을 했다 하더라도 재
빨리 진중한 태도를 되찾아야 한다.

3

하소연에 기댈 바에는 여유를 가장하는 게 낫다

하소연을 하지 마라. 하소연은 자신의 품위를 떨어뜨릴 뿐이다. 속에서는 울화통이 터져도 여유를 보이는 것이 연민을 자아내며 한숨을 쉬는 것보다 낫다. 자신의 부당함을 하소연했다가 더 큰 화를 자초한 사람이 있는가 하면, 다른 사람에게 도움을 구했다가 오히려 경멸을 당한 사람도 있다. 누군가의 도움을 받았을 때는 그냥 넘어가지 말고, 그 사람이 없는 자리에서 도움을 받았다는 이야기를 하면 다른 사람들의 호감을 얻어낼 수 있다. 이는 남을 이용하여 자신을 높이는 최선의 방법이다.

4

거절할 때에는
예의를 차린다

거절할 줄 알아야 한다. 어떤 일이든 무조건 승낙해서는 안된다. 한 사람의 반대가 여러 사람의 찬성보다 더 큰 가치를 지닐 때가 있다. 물론 반대를 위한 반대를 해서는 안된다. 많은 사람들이 반대를 위한 반대를 하는데, 이는 좋지 않은 습관이다. 거절하는 것이 몸에 밴 사람들은 나중에 승낙을 한다 해도 사람들은 그것을 선뜻 인정하려 들지 않는다. 또한 간곡히 부탁하는 사람에게 거절을 해야 할 때에는 완곡하게 하는 것이 좋다. 딱 잘라 거절하는 방법은 쓰지 말아야 한다. 딱 잘라 거절하면 너무 냉정한 사람으로 비칠 수 있다. 거절당한 아픔이 최소화되도록 조금의 희망은 남겨놓아야 한다. 거절할 때는 정중하게 해야 한다.

5

말과 행동은
융통성 있게 한다

일을 할 때는 융통성을 발휘하라. 어리석은 사람은 상대의 의중을 헤아리지 않고 불쾌한 말을 쉽게 내뱉곤 한다. 가벼운 언행은 비난의 화살을 부르고, 결국 자신을 응원할 사람마저 잃고 만다. 지혜로운 자는 절대 말을 가볍게 하지 않는다. 깊은 바다에서는 신중히 노를 젓는 것처럼 안전한 발판에 발을 얹어놓을 때까지는 최대한 융통성을 발휘해야 한다. 사람 얼굴이 각자 다르듯이 사람의 생각도 천양지차다. 일을 할 때는 돌다리도 두들기는 심정으로 언행을 조심해야 한다.

순간적인 분노를 누르고,
내뱉는 한마디엔 상대를 염려한다

자제력을 키워라. 순탄하게 지낸 사람이 순간적인 분
노와 환희로 곤란을 겪을 수 있다. 때로는 순간적인 분노가 평
생의 수치로 남을 수도 있다. 악의를 가진 사람은 그런 방법으
로 당신의 이성을 시험하기도 한다. 아무리 뛰어난 사람이라
도 그러한 덫에 걸려들 수가 있다. 대수롭지 않게 내뱉은 한마
디 말도 듣는 사람에 따라 큰 상처가 될 수 있다.

7

남 앞에서 하는 자기 자랑이나
책망은 금물이다

　자신에 대한 이야기를 함부로 하지 마라. 자기 자랑을 하면 팔불출이고 자기를 책망하면 바보이다. 말하는 사람은 어리석고, 듣는 사람은 불편하다. 이는 일반적인 만남에서도 피해야 하지만 높은 지위에 있거나 아랫사람들의 단합을 위해서는 더더욱 피해야 한다. 당신이 아주 작은 흠을 말해도 듣는 사람으로선 아주 크게 받아들일 수 있다. 아무리 현명한 사람이라 해도 타인과 대화를 하다보면 아첨이나 비난 중 하나에 빠질 위험이 있다.

버릇없는 망아지를 대하듯이
혀를 다룬다

아무 말이나 쉽게 하지 마라. 현명한 사람은 말을 삼간다. 혀는 요괴 같아서 좀처럼 붙들어 맬 수가 없다. 고삐 풀린 망아지를 붙들어 매기란 매우 어려운 일이다. 조심해야 할 때 무심코 내뱉은 한마디가 치명적인 화를 초래한다.

9

유언을 하듯이
조심스럽게 말한다

　　말을 할 때는 조심하라. 경쟁자들에게는 경계하기 위해, 일반인들에게는 자신의 안위를 위해 말조심을 하라. 한마디 말이 입 밖으로 나오기 전에 생각할 시간은 얼마든지 있다. 그러나 입 밖으로 나온 말은 주워 담을 시간이 없다. 말을 할 땐 유언을 하듯이 하라. 말이 적으면 분쟁도 적으며, 신비스러움이 항상 따라다닌다. 경박하게 말하는 사람은 진중한 사람과의 경쟁에서 질 수밖에 없다.

참된 대화는
언변보다 배려에 있다

대화하는 법을 배워라. 대화야말로 자신을 대변하는 가장 중요한 방법이다. 살아가면서 이보다 더 주의력이 필요한 것도 없다. 대화 없이는 살 수 없기 때문이다. 대화로 인해 자신의 이미지가 좋아지거나 추락할 수 있다. 생각해서 쓰는 편지도 조심해야 하지만, 생각 없이 즉석에서 하는 대화는 더욱 조심해야 한다. 경험이 풍부한 사람들은 혀 속에 삶이 있음을 안다. 그래서 소크라테스는 이렇게 외쳤다.

"말하라, 그러면 내가 너를 볼 것이다."

참된 대화는 꾸미지 않아 편안하지만, 이는 격의 없는 사람들에게나 가능한 것이다. 중요한 자리에서의 대화에는 함축적으로 내용이 전달될수록 좋다. 대화하는 사람의 기분을 생각해 말을 하는 것이 좋다. 대화할 때는 능숙한 언변보다는 상대를 생각하는 배려가 더 중요하다.

II

생각은 자유롭게
말은 부드럽게 한다

생각은 자유롭게 하고 말은 두드러지지 않게 하라. 흐르는 물을 거슬러 오르려 하면 실수하기 쉽고, 위험에 빠질 확률도 높다. 소크라테스는 그것을 감행한 사람이다. 사람들은 자신의 의견에 동조하지 않으면 모욕을 받았다고 생각해 기분 나빠한다. 그래서 자기의 판단이 기준이 되기를 은연중에 바란다. 아주 소수의 사람만이 참된 이치를 알고 대다수의 사람들은 그릇된 기만에 농락을 당한다. 시장통에서 소란스럽게 입을 놀리는 사람을 현명한 사람이라고 생각하는 사람은 없다. 자신의 생각이 아닌 범인들의 어리석음을 빌려 떠들고 있기 때문이다. 지혜로운 사람은 마음에 없는 말을 하는 한이 있어도 다른 이로부터 반박을 부를 만한 말은 피한다. 마음에서는 질타의 회초리를 들어도 겉으로 표현할 때는 조심에 조심을 기하라. 자유로운 생각에 어떤 압력을 가해서도 안된다. 지혜로운 사람은 아무도 들어갈 수 없는 안전한 곳으로 몸을 숨기고 있다가 자신을 온전히 이해하는 사람에게만 가끔 모습을 보여줄 뿐이다.

I2

비밀에 대해서는
침묵할 수 있어야 한다

　머리가 좋은 사람은 침묵을 편안하게 받아들인다. 가슴 깊숙이 품은 비밀을 까발리는 것은 비밀 편지를 개봉하는 것과 같다. 샘이 깊은 물처럼 비밀도 깊은 곳에 숨어 있을 때 제 기능을 한다. 침묵은 뛰어난 절제력에서 비롯된다. 자신을 이기는 것이 최고의 승리이다. 자신에게 일어난 일을 남에게 말해서는 안될 뿐더러 이미 말해버린 것은 다시 말할 필요가 없다.

표정은 밝게
행동은 보기 좋게 한다

　내용만으로는 충분하지 않다. 실행력이 뒤따라야 한다. 보기 좋은 행동과 태도는 삶의 장신구이고, 행복한 표정은 삶을 한층 부드럽게 해준다.

14

말은 조심하고
행동은 더욱 조심한다

　　말과 행동은 그 사람의 됨됨이를 평가한다. 아무 말이나 내뱉지 말고, 행동을 바르게 해야 하는 것도 이 때문이다. 말은 자신의 인격을 평가받는 잣대이고, 행동은 마음을 평가하는 기준이다. 말과 행동은 고상한 정신을 바탕으로 행해져야 하며, 일치할수록 좋다. 칭찬하는 사람이기보다는 칭찬받는 사람이 되어라. 말하기는 쉽고 행동하기는 어렵다. 말이 인생을 꾸미는 것이라면 행동은 인생의 본질이다. 훌륭한 행동을 하면 후세에 길이 기억되지만, 말은 덧없이 흘러가는 구름과도 같다. 생각의 열매가 행동이니, 좋은 생각을 해야 그 열매도 튼실하게 열린다.

게임에서 패를 감추듯
신중하게 처신한다

자신의 생각을 넌지시 흘려라. 열정은 정신의 통로이며, 실질적인 지혜는 변장술에 있다. 상대에게 자신의 패를 다 보이면 게임에서 질 수밖에 없다. 신중하게 처신하는 것만이 염탐꾼에 맞서 싸워 이기는 길이다. 자신이 무엇을 좋아하는지 다른 사람들에게 알리지 말라. 사람들이 아첨을 하지 않도록 하기 위해서이다.

16

아무리 뛰어난 능력자도
노력하는 사람을 이길 수 없다

다른 사람으로부터 호감을 얻는 것은 환영할 만한 일이다. 대중의 사랑을 받는 것은 더욱 좋다. 사랑을 받으려면 행운도 따라야 하지만 노력에 의해 받는 경우가 대부분이다. 주춧돌은 자연이 만들어낸 것이지만 집을 짓기 위해 사용하는 것은 인간이다. 아무리 뛰어난 능력을 지녔다 해도 노력하는 사람을 이길 수는 없다. 좋은 일을 하지 않고는 다른 사람으로부터 호감을 얻을 수가 없다. 좋은 일과 좋은 말만 하라. 그리고 행동은 더 좋게 하라. 사랑받기 위해서는 먼저 사랑을 하라.

마음은 양처럼
말은 꿀처럼 한다

　말은 비단결처럼 부드럽게 하고, 다정다감한 마음씨를 지녀라. 날이 시퍼렇게 선 칼은 몸을 베고, 악의를 품은 말은 타인의 가슴에 상처를 남긴다. 좋은 말은 천 냥 빚도 갚을 수 있으며, 불가능한 일도 해결할 수 있다. 항상 입술에 꿀을 바른 것처럼 달콤한 말을 하여 적들이 넘어올 수 있도록 하라. 다른 사람의 호감을 얻기 위한 최선의 방법은 평화의 메신저처럼 말하는 것이다.

18

불손하고 간교한 언행에
붙잡힐 마음은 없다

말과 행동을 당당히 하라. 말과 행동을 통해 명성과 존경을 얻을 수도 있고 질시와 배척을 당할 수도 있다. 세상에서 가장 위대한 승리는 사람의 마음을 얻는 것이다. 사람의 마음은 불손한 의도나 간교함으로는 절대 얻을 수 없고, 마음 깊숙한 곳에서 우러나는 진실과 바른 행실을 통해 얻을 수 있다.

19

자기 자랑이 심할수록
타인의 미움도 심해진다

다른 사람에게 행복을 자랑하지 마라. 사람들은 높은 지위나 부가 겉으로 화려하게 드러날 때 질투를 한다. 늘 중심인물이 되고 싶어하면 미움을 살 수 있다. 일부러 질투심을 불러일으킬 필요는 없다. 사람들에게 존경받기를 바라면 오히려 경멸을 당할 수가 있다. 존경심은 스스로 노력해서 얻어지는 것이 아니다. 그저 참고 기다리는 수밖에 없다. 지위가 높을수록 그에 걸맞은 명성이 따라야 한다. 명성이 따르지 않으면 일을 매끄럽게 진행할 수 없기 때문이다. 존경은 돈으로 살 수 있는 것이 아니며, 안달한다고 얻어지는 것도 아니다.

자신의 일에만 몰두하는 사람도 존경을 받기가 어렵다. 사람들로부터 존경을 받기 위해서는 주변을 두루 살피는 것이 필요하다.

20

내가 발설한 험담은
돌고 돌아 결국 내게로 온다

　　험담을 입에 올려서는 안된다. 험담을 하는 것은 다른 사람의 이름을 더럽히는 자라는 오해를 살 수 있다. 교활한 수단을 통해 다른 사람을 희생양으로 만들어서도 안된다. 가증스럽고 구역질 나는 일이 아닌가. 남을 험담하는 사람은 결국에 가서는 자신에 대한 험담도 듣게 마련이다. 헐뜯는 사람들이 많아지면 무릎을 꿇을 수밖에 없다. 정도를 벗어난 것이 자신에게 즐거움을 주는 것이 되어서도 안되고, 관심의 대상이 되어서도 안된다. 중상자에 대한 증오는 영원히 사라지지 않는 법이다. 좋지 않은 일을 입에 올리는 사람은 더욱 좋지 못한 소리를 듣게 될 것이다.

추문과 비난을 멀리하고
좋은 소식만 전달한다

　좋은 소식을 입에 올리는 사람이 되라. 그런 습관을 갖게 되면 아마 사람들은 당신이 취향도 고상할 뿐더러 늘 탁월한 선택을 한다고 생각할 것이다. 과거에 좋은 것을 볼 줄 아는 눈을 가졌던 사람이라면 좋은 미래를 볼 수 있는 눈을 잃지 않을 것이다. 다른 사람을 존중하는 것은 기본 예의다. 그럼에도 늘 좋지 않은 소문만 퍼뜨리는 사람들과, 자리에 없는 사람을 헐뜯느라 정신을 못 차리는 사람들이 있다. 대중은 대체로 다른 사람에 대해 좋지 않게 말하는 것이 간사하고 교활한 일이라는 것을 늘 잊고 있다.

22

속마음을 빈 주머니 털 듯
다 내보이지 않는다

속마음을 사람들에게 모조리 보여주지 않도록 주의하라. 만일 그대가 새로운 것을 보고 놀란다면, 그것이 크게 성공하리라는 기대를 가지고 그 가치를 높게 평가한 것과 같다. 트럼프를 할 때 자신에게 들어온 패를 남에게 보여준 뒤 게임을 하는 것은 불리할 뿐더러 기분도 좋지 않다. 따라서 속마음을 남에게 그대로 보여주지 마라. 그런 태도야말로 사람들의 기대심리를 최고조로 끌어올릴 수 있는 방법이다. 사회 지도층의 위치에 있으면 사람들의 관심을 한몸에 받기 쉽다. 무언가 비밀스러운 것을 가진 것처럼 행동해서 보통 사람들이 그대에게 경외심을 품도록 하라. 만일 자신을 남에게 드러내야 할 때가 있어도 평범한 모습을 보이지 말라. 사람들과 교제를 할 때에도 그들에게 자기 속마음을 고스란히 보이지 않도록 하라. 입을 다문 채 생각하는 것은 지혜의 근본이기 때문이다. 이미 그대의 몸을 빠져나간 속마음은 당신을 평가 절하하기 십상이며, 비난의 대상으로 전락할 수도 있다. 더욱이 그 결과까지 좋지 않다면 불행은 배로 커질 것이다. 따라서 세상 만물을 창조하신 창조주처럼 그대의 의중을 감추는 게 낫다. 다른 사람들이 그대의 의중을 추측하게 하여 불안하게 만들라.

23

약삭빠른 처신은 당장에는 이로워도 나중에 해가 된다

처신하는 데 있어 종종 약삭빠른 태도가 필요할 수도 있다. 하지만 이런 태도를 보일 때면 사람들에게 잘못 보이지 않도록 주의해야 한다. 모든 기교적인 것들은 냄새가 나므로 감출 필요가 있는 것이다. 기교를 부리면 사람들에게 미움을 받기 쉽다. 기만은 그 세력이 클수록 배로 의심을 받는다. 이유는 간단하다. 기만은 불신을 조장할 뿐더러, 나아가 사람들의 감정을 상하게 하며, 결국에는 복수의 칼을 갈게 만들기 때문이다. 게다가 어느 누구도 떠올리기 싫어하는 좋지 않은 일들을 연상시키기 때문이다.

권위적일 만큼 진지함도
천박할 정도의 열광도 금물이다

　품위에 지장이 없는 내용이라면 다른 사람에게 동조하는 것도 괜찮다. 자신을 남보다 우월하게 보이기 위해 적을 만들 필요는 없다. 자신의 권위를 조금 낮추어 보통 사람의 호감을 얻는 것도 좋다. 많은 사람들이 열광하는 대상에 마음을 쏟으라. 하지만 품위를 잃을 정도로 열중해서는 안된다. 자칫하다간 오랜 기간 공들여 쌓아온 것을 한순간에 날려버릴 수도 있기 때문이다. 어쨌든 자신을 궁지에 빠지게 방관해서는 안된다. 또한 너무 진지한 태도를 보이는 것도 좋지 않다.

반박이란 이름의 공격도
가할 줄 알아야 한다

때로는 반박이란 이름의 공격도 가할 줄 알아야 한다. 무언가를 알아내기 위해서는 이보다 좋은 묘책이 없다. 좋지 않은 일에 말려들지 않을 뿐더러, 오히려 다른 사람이 말려들게 만들 수 있다. 타인의 뜨거운 열정을 움직이는 것은 효험이 뛰어난 약을 쓰는 것과 같다. 타인이 무심코 내뱉은 말은 별것 아닌 것처럼 받아들여야 한다. 그러한 태도는 다른 사람의 마음속에 숨겨진 비밀을 엿볼 수 있도록 도와준다. 그가 한 번 입을 열 때마다 저 깊은 마음속에서는 달콤한 액즙이 흘러나올 것이다. 그러다 마침내 당신이 쳐놓은 교활한 술수의 그물에 걸려들게 될 것이다. 생각이 깊고 신중한 사람의 조심스런 행동거지는 다른 사람들의 시선을 빼앗은 다음 결국에 가서는 마음속에 있는 자신만의 비밀스런 생각까지 꺼내들게 만들어줄 것이다. 때로는 의심받을 일을 만들어보라. 의심은 다른 사람들의 호기심을 이끌어내 자신이 원하는 것을 얻어낼 수 있는 보조수단이 될 수 있다. 이따금 선생을 향해 논박을 해보라. 배우는 학생에게는 좋은 방법이 될 수 있다. 선생은 논박에 고무된 나머지 자신도 모르는 사이에 학생을 더 깊은 진리의 장으로 이끌어주기도 하는 법이다. 말하자면 최소한의 시간으로 최대의 효과를 얻을 수 있다.

너무 많이 노출되면
좋은 평판을 유지하기 어렵다

좋은 평판을 유지하려면 장소를 가려 참석해야 한다. 사람들에게 자주 모습을 나타내지 않는 것이 명성에 더 좋을 수가 있다. 말하자면 대면하지 않았을 때는 사자처럼 대접받던 사람이 직접 대면할 경우 푸대접을 받을 수 있기 때문이다. 사람이 보이지 않을 때 발휘되는 상상력이 평판에 더 큰 영향을 주는 법이다. 정보를 받아들일 때는 귀로만 듣지만 막상 보게 되면 식상함만 느끼는 것과 같다. 항상 좋은 평판이 돌게끔 자신을 유지할 줄 아는 사람만이 명망도 지킬 수 있는 법이다.

초대받지 않은 자리에는
가지 않는다

매사에 너무 나서지 말라. 나서는 것은 무시당하는 지름길이다. 자신부터 먼저 존중할 줄 알아야 다른 사람에게도 존경받을 수 있는 법이다. 밀어젖히기보다는 잡아당겨라. 또한 모임에는 초대장을 받았을 때에 가라. 그렇게 해야 도착해서 사람들의 환영을 받을 수 있다. 그러나 초대장을 받지 않았다면 가지 말라. 초대장을 받지 못했다면 사람들의 환송 없이 떠나야 할 것이다. 스스로 일을 저지르는 사람은 일이 잘못되면 비난을 받지만, 만일 일이 순조롭더라도 고맙다는 인사는 결코 받지 못한다.

28

처신은 계획이 아니라
상황에 따라서 한다

　주어진 상황에 따라 몸가짐을 달리하라. 행동도 생각도 상황에 맞게끔 해야 한다. 또한 기회가 왔을 때는 붙잡아야 한다. 시간이란 사람을 기다려주지도 않지만 기회라는 것도 쉽게 오지 않는 법이다. 삶의 방향키를 미리 정한 계획대로만 움직여서는 안된다. 아무리 그럴듯한 계획을 짜놓았다 할지라도 마찬가지다. 그리고 삶의 행로를 한 가지 생각에 몰입해서 정해서도 안된다. 삶이란 오늘 버린 물을 내일 마셔야 될지도 모르는 것이다.

낮에는 새의 눈을,
밤에는 쥐의 눈을 조심한다

언제나 남이 나를 보고 있다는 생각을 갖고 행동하라. 다른 사람이 자신을 보고 있다는 것을 알고 있는 사람은 생각이 깊은 사람이다. 그는 낮에는 새의 눈이, 밤에는 쥐의 눈이 반짝이고 있다는 것을 알고 있는 사람이다. 그런 사람은 방 안에 혼자 있을 때도 누군가가 자기를 보고 있는 듯 행동하라. 어차피 세상에 비밀이 없다면 세상 사람들 앞에 자신에게 일어난 일을 적나라하게 드러냄으로써 훗날 그들을 자신을 위한 증인으로 삼는 것도 괜찮은 방법이다.

30

다수가 열광하는 것에는
비난을 하지 않는다

많은 사람들이 좋아하며 열광하는 것을 아무 생각 없이 비난해서는 안된다. 여러 사람이 열광하는 것이 진정으로 좋은 것이 아닐 수도 있다. 하지만 사람들이 즐기는 데에 반드시 이유가 필요한 것은 아니다. 사람들과 섞이지 못하고, 대중을 상대로 비난을 일삼는 것은 그리 좋은 모습이 아니다. 그런 사람은 자아도취에 빠진 채 고립되고 말 것이다. 만일 타인이 좋아하는 이유를 찾아낼 수 없다면 자신의 무능력을 감추기 위해서라도 비난의 화살을 쏘아서는 안된다. 모든 사람들이 열광하는 대상은 열광받을 만한 이유가 있거나 그렇게 되기 원한 결과라고 할 수 있다.

지식은 용기가 뒷받침될 때
진가를 발휘한다

지식은 용기가 뒷받침될 때 진가를 발휘한다. 지식 자체가 용기를 필요로 하기 때문이다. 보통 사람들은 자신이 아는 한도 내에서 일을 해낼 수 있지만, 현명한 사람은 그 이상을 해낼 수 있다. 요컨대 용기가 없는 지식은 어둠 속에서 자라는 식물과 같다. 깨우침과 의지 사이는 눈과 손의 작용과 같은 것이다. 용기를 갖추지 못한 지식은 탐스럽고 맛있는 열매를 맺지 못하는 법이다.

32

중요한 것은
실천이다

무언가를 하는 척하지 말라. 중요한 것은 실천이다. 사람들은 아무것도 아닌 일을 하면서도 매우 중요한 일을 하고 있는 것처럼 꾸미기를 좋아하는 법이다. 아주 어리석은 방법을 동원해 하찮은 일을 신비로운 일이라도 되는 양 포장을 한다. 하지만 이것은 정말 웃기는 일이 아닐 수 없다. 또한 자기 자신의 장점을 절대 다른 사람들 앞에서 과시하지 말라. 조용히 행동으로 옮기되 될 수 있는 한 다른 사람들의 입으로 그것을 이야기하도록 만들라. 몸소 실천하는 모습을 보여주되 좋지 않은 이야기는 삼가라. 사람들에게 영웅처럼 보이기 위해 노력하기보다는 정말 영웅이 되기 위해 쉼 없이 노력하라.

진실은
조심스럽게 다루어라

진실이라고 해서 모조리 밝혀질 수는 없다. 진실만큼 조심스레 다룰 필요가 있는 것도 없기 때문이다. 진실이란 심장을 만지는 것처럼 다루어야 한다. 또한 진실은 반드시 말로 밝혀야 할 필요는 없다. 따라서 다른 사람들을 위해서라도, 자신을 생각해서라도 때로는 말할 수 없는 것이 진실이다.

34

올곧은 사람은
언행이 일치한다

정의의 사도가 되어라. 대나무처럼 올곧은 사람은 늘 올바른 사람의 손을 들어주는 법이다. 하지만 정의를 좇는 불 사조는 많지 않다. 입으로는 정직 운운하는 사람이 많지만, 정작 실천하는 사람은 많지 않기 때문이다. 반면 어떤 이들은 위기 속에서도 정의를 지킨다. 위선자들은 정직한 사람을 이용하지만, 정치가들은 배신한다. 사람들이 정의에 대해 크게 문제 삼지 않기 때문이다. 바로 이런 이유로 정의는 허접한 대접을 받고 있다. 사람들은 교활함으로 자신을 무장한 채 그럴싸한 형이상학적 수사학으로 정의를 추상화시키고 있다. 하지만 정의를 제 목숨처럼 여기는 사람이라면 조그만 속임수조차 배신의 범주에 포함시키는 법이다. 지혜보다는 굽힐 줄 모르는 꼿꼿한 정신을 더 높이 평가하기 때문이다. 따라서 진리가 있는 곳에는 언제나 정의가 함께한다. 정의를 좇는 사람이 어떤 모임을 떠날 때는 변심한 탓이 아니라, 그 모임에 문제가 있기 때문이다. 그럴 경우 그 모임은 진리의 선에서 이미 벗어나 있는 경우가 대부분이다.

35

호감을 사는 최상의 비결은
예의를 갖추는 것이다

누구에게든 예의를 갖춰라. 사람들에게 좋은 인상을 주려면 예의를 갖추어야 하는 법이다. 예의란 무릇 교양에서 나오는 것이다. 이는 모든 사람의 호감을 사는 최상의 명약이다. 그러나 무례함은 사람들로부터 멸시와 불쾌감을 안겨준다. 더욱이 자만에서 오는 무례함은 혐오스럽고, 천박함에서 오는 무례함은 경멸스럽다. 고로 예의란 부족한 것보다는 넘치는 것이 낫다. 그렇더라도 상대에 따라 예의를 달리 표해야 한다. 경쟁자에게는 자신의 가치를 높일 수 있는 정중한 태도가 좋다. 돈 한푼 들이지 않고도 큰 이득을 취할 수 있을 것이다. 상대방에게 먼저 존경을 표해야 존경을 받는 법이다. 예의와 명성은 표현하고 드러내는 사람에게로 돌아가게 되어 있다.

누군가가 잘못을 지적하면
겸허하게 받아들인다

　당신이 아무리 높은 명성을 자랑할지라도 누군가가 잘못을 지적해 주면 시인하라. 청빈한 군자의 정신을 지닌 사람은 악덕을 아무리 요란스럽게 치장하더라도 그것이 묻히는 법이다. 악덕이란 고상한 척할 수는 있어도 결코 고상한 것이 될 수 없다. 탁월한 정신력의 소유자는 비록 작은 과실이 있더라도 그 고상한 인격에 묻히게 된다. 이런 사람은 위엄을 갖추고 있는 법이라서 사소한 과실이 별 문제가 안 되지만, 보잘것없는 소인배의 과실은 경멸을 당하는 법이다.

37

명예는 지위보다
고매한 성품에서 나온다

　성품을 당신의 지위보다 위에 놓아야 한다. 만일 그
반대가 된다면, 이는 잘못된 만남이다. 언제나 성품은 지위보
다 높은 곳에 있어야 한다. 아량이 이를 가능하게 해줄 것이
다. 아우구스투스 황제는 지위보다 인간성이 뛰어나다는 것
을 보여줌으로써 명예를 구했다. 높은 지위에 고상한 마음과
자신감 넘치는 성품이 받쳐준다면, 그야말로 금상첨화가 아니
겠는가.

성숙한 언행은
인격을 빛나게 한다

　　인간적인 성숙함은 외모뿐 아니라 인격을 빛내준다.
또한 인격은 어떤 뛰어난 재능보다 권위를 높여주고 존경의
마음을 불러일으킨다. 정신의 얼굴인 평정은 깨끗하고 권위
있는 사람들에게서만 나타나는 것이다. 그러나 성숙함은 인
간을 완성시킨다. 사람은 인격의 성숙도에 따라 평가를 받는
법이다.

39

고칠 수 없는 흠은
감추는 게 상책이다

국가의 흠을 드러내지 말라. 많은 교육 혜택을 받고 지적 능력이 뛰어난 국민이라도 때때로 타국으로부터 비난받는 일을 하는 경우가 있다. 그들은 자국의 과오는 감추면서 타국의 과오에서 위안을 받기도 한다. 그러므로 자국민의 흠은 숨기거나 고치는 것이 가장 좋은 방법이다. 또한 가정생활이나 처한 환경, 업무에서의 과실도 다르지 않다. 나쁜 점이 고쳐지지 않는다면 고통은 심화될 뿐이다.

균형감각을
잃지 않는다

균형감각을 잃지 말고 마음의 평정을 유지하라. 분별력이 있는 사람은 일관된 태도를 유지한다. 이러한 사람은 슬기롭다고 할 수 있다. 변화할 때는 외부의 상황이 달라지거나 다른 사람들이 그 원인을 제공했을 때뿐이다. 하지만 세상에는 변화무쌍한 성격을 가진 사람들이 많다. 어제는 찬성을 해놓고 오늘은 반대를 하는 부류이다. 이들은 어제는 흰색이 좋다고 했다가 금세 검은색이 좋다고 말한다. 이는 자신의 신뢰에 먹칠하는 행동일 뿐 아니라 다른 이들의 판단에 혼란을 일으킨다.

41

상처는 숨기고
불행은 드러내지 않는다

상처를 보이지 말라. 상처를 보이면 모두가 그곳을 공격할 것이다. 상처를 드러내면 악이 당신을 공격할 빌미를 제공하는 것이다. 악은 호시탐탐 당신의 약점을 노리고 있다. 당신의 분노를 즐기는 타인들이 있다. 그러니 쓸데없는 일에 분노하지 말라. 나쁜 무리들이 타인의 아픈 곳을 찾아 어슬렁거리고 있다. 그러므로 자신의 상처는 되도록 가리고 불행은 드러내지 않는 게 좋다. 어떤 때는 운명조차도 가장 아픈 곳을 찔러올 때가 있다. 아픈 것도 기쁜 것도 드러내지 않는 것이 악의 공격에서 안전하다.

별난 행동으로
사람들의 눈길을 끌지 않는다

비범한 사람처럼 행동하지 말라. 자신을 드러내려고 특이한 행동을 하는 사람이 있다. 이런 행동은 특별한 장점으로 보이기보다 저속한 결점으로 보이기 십상이다. 외모가 추해 유명세를 타는 사람이 있는가 하면 행동이 상스러워 유명세를 타는 사람도 있다.

43

대화할 때는 상대방의 수준에 맞는 어휘를 쓴다

겸손하라. 현명한 사람도 가끔은 어리숙한 모습을 보일 때가 있다. 무지렁이처럼 보이는 사람이 실은 뛰어난 지식의 소유자일 수 있다. 어리석은 사람들 앞에서 고상한 행동을 하는 것은 아무런 의미가 없다. 그러므로 상대의 수준에 맞춰 대화를 해야 한다. 어리석음을 못 견디는 사람이 어리석은 것이다. 사람들의 호감을 얻으려면 겸손해져야 한다.

오는 농담은 잘 받고
가는 농담은 상대를 잘 살핀다

농담을 즐거이 받아들여라. 하지만 남용하지 말라. 받아들이는 것은 예의지만, 남용하면 해가 될 수 있다. 농담 한마디에 기분이 상한 사람은 짐승처럼 돌변할 수 있다. 적절한 농담은 분위기를 북돋아준다. 이를 받아들여 즐길 줄 안다면 친화력을 갖춘 사람이다. 반면에 그것을 받아들이지 못하고 화를 내는 사람은 다른 이들의 기분까지 상하게 한다. 그러므로 때로는 농담을 이해하지 못하는 것이 이득일 수 있다. 가벼운 농담이 큰 문제가 될 수도 있기 때문이다. 농담을 하려면 먼저 상대방이 농담을 받아들일 준비가 되어 있는지 살펴봐야 한다.

당장의 변명보다는
행동으로 증명해 보인다

변명이 필요 없다면 굳이 변명하지 말라. 변명을 잘못하면 오히려 무관심한 이들의 불신을 불러올 수 있다. 지혜로운 사람은 다른 이들의 의심을 모른 척한다. 그것은 문제가 될 일을 미리 막는 것이다. 변명으로 자신을 감싸기보다는 옳은 행동으로 이를 증명해 보이는 것이 현명한 태도다.

흥분했을 때는
행동을 삼간다

이성을 잃은 나머지 흥분 상태에 있다면 자제력이 필요하다. 자제력을 잃으면 다 된 밥에 코를 빠트릴 수 있는 법이다. 이성을 잃은 탓에 자신을 다스릴 수가 없다면 올바른 행동을 할 수 없다. 그럴 경우엔 당신을 위해 올바른 판단을 내릴 수 있는 제삼자를 동원하는 것도 좋은 방법이다. 연극을 할 때는 배우보다는 관객이 더 많은 것을 보는 법이다.

47

여러 갈래보다 눈에 띄는
한 갈래가 효과적이다

쓸모없는 짐 같은 존재가 되어서는 안된다. 일도 많고 어려움도 많은 사람은 이야깃거리를 제공하는 것은 물론 다른 사람에게 폐가 될 수도 있다. 뭐든지 단순한 것일수록 좋고, 그것은 일이 순탄하게 진행되도록 돕는다. 좋은 것이라도 짧으면 두 배로 좋고, 비록 나쁜 것이라도 양이 적은 것이 낫다. 여러 갈래보다 눈에 띄는 한 갈래의 효과가 더 강한 법이다. 지혜로운 사람은 타인에게 폐가 되지 않도록 늘 조심한다. 한 곳에서 빈둥거리는 것은 우둔한 사람들이 하는 짓이다.

불행을 두려워하지 않으면
불행해지지 않는다

자만을 주의하라. 자만한 모습을 남의 눈에 띄게 해서는 절대 안 된다. 자기 자신에게 만족하지 못한다면 소심하다는 말을 듣겠지만, 자신에게 만족한다면 우매하다는 소리를 들을 것이다. 자만은 언제 어디서고 기쁨을 감추지 못하는 법이다. 평범하고 천박한 사람들이 스스로에 대해 만족해하는 것은 다른 사람의 완벽한 능력을 보지 못했기 때문이다. 이런 이유에서 때로는 불신이 유용할 때가 있다. 불신은 때때로 좋지 않은 결과를 맞게 되더라도 자신을 위로할 수가 있기 때문이다. 불행을 두려워하지 않는 사람에게는 불행은 더 이상 놀라움의 대상이 되지 못한다. 그러나 실속 없는 사람에게 어리석음은 더 이상 어찌해볼 수 없는 불치의 병이 되는 법이다.

49

남의 과실에는 눈을 감고
자신의 과오에는 눈을 부릅뜬다

자신이 저지른 과오와 실수에 대해서는 예민하게 받아들여야 한다. 완벽한 사람이라고 해서 실수를 저지르지 않는 건 아니다. 과실은 우리의 정신 속에도 숨어 있을 때가 있다. 그것은 커질수록 눈에 더 잘 띄는 법이다. 자기 과실을 알면서도 고치지 못하고 늘 달고 다니는 것은 불행 중의 불행이다. 또 과실에 끌려 다니는 것은 완벽함에 얼룩을 묻히는 것과 같다. 자신의 장점을 빛내기 위해서는 그런 얼룩을 과감히 지워내야만 한다. 사람들은 다른 사람들이 놀라운 일을 해내거나 칭찬받을 일을 하면 조용히 침묵하지만, 그 사람의 과실을 찾아내면 비난의 입을 분주히 놀리는 법이다.

우아하고 명확하게
자신을 표현한다

자신을 표현할 때는 우아함을 잃지 말고 명확하게 하라. 시작은 좋은데 끝맺음이 좋지 않은 경우가 있다. 자신을 명확하게 표현할 수 있어야 생각과 결심을 제대로 표출할 수 있다. 폭넓은 이해력을 갖고도 작은 것밖에 내놓지 못하는 사람이 있다. 반면 자신이 생각했던 것보다 더 말을 많이 하는 사람도 있다. 이성이란 결단력을 갖춘 의지력의 표출 방법이다. 뛰어난 재능을 가진 두뇌는 찬사를 받게 마련이다. 그러나 때로는 아둔한 두뇌를 갖고도 존경받는 사람이 있다. 아무도 그를 이해하지 못하기 때문이다. 그러므로 때로는 평범함을 뛰어넘으려는 생각으로 지나치게 명확성을 드러내려 애쓰지 말아야 한다.

대중에게 사랑받는
일을 하면 이름을 얻는다

　　일반 대중에게 사랑받는 직업을 선택하라. 꽃이 피려면 따뜻한 바람이 필요하고, 재능을 펼치려면 그 분야의 권위자가 인정해야 한다. 세상에는 많은 사람들이 흥미를 갖는 직업이 있는 반면, 꼭 필요한 일을 하는데도 명성이 따라주지 않는 직업이 있다. 사람들의 입에 자주 거론되는 직업은 자연스럽게 명성을 얻을 수 있고, 사람들이 무관심한 분야의 직업은 아무리 가치가 있는 일이라 해도 명성을 얻을 수가 없다. 가치 있는 일은 존경받을 수는 있어도 사람들로부터 사랑받을 수는 없다. 중세의 왕들도 사람들로부터 명성을 유지하기 위해 줄곧 정복 전쟁을 시도하곤 했다. 아라곤의 왕들은 높은 영예를 얻고 유지하기 위한 수단으로 정복 전쟁을 일으켜 승리함으로써 영웅이 되는 방법을 택했다. 가능하다면 대중들에게 영향력을 행사할 수 있을 뿐만 아니라 갈채를 받는 직업을 선택하라. 그러면 자연히 명성도 따를 것이다.

2

사람의 마음을
얻는
재능과 소양

이성보다는
창의성에 투자한다

우리가 흔히 말하는 천재란 창의력을 지닌 사람이다. 천재는 창의력이 뛰어나고, 이성적인 사람은 현명한 선택을 한다. 창의력은 하늘이 내린 재능이다. 그래서 현명한 선택을 할 수 있는 사람은 많지만, 혁신적인 창의력을 가진 사람은 매우 적다.

경쟁자의 실수를 바라지 말고
나의 실력을 쌓는다

　남들이 찾는 사람이 되라. 즉, 남들과 조화로운 관계를 맺어라. 특히 현명한 사람의 호감을 얻을 수 있다면 무엇보다도 큰 행운이다. 비범한 사람의 사랑을 받는 최선의 방법은 직무에서 뛰어난 재능을 보이는 것이다. 매사에 철저하게 마무리를 지어 자신의 장점을 필요 불가결한 것으로 만들어라. 당신이 지위를 갈구하는 것이 아니라 지위가 당신을 갈구하게 하라. 경쟁자의 자질이 부족해서 당신이 특출나게 보이는 것은 영예로 보기 어렵다. 이는 당신의 재능 때문이 아니라 경쟁자들의 자질이 부족해서이기 때문이다.

자신만의 고유한 기술은
절대 노출시키지 말라

　　자신만이 갖고 있는 고유의 기술은 남한테 가르쳐주지 마라. 사람들은 남보다 뛰어난 능력을 발휘하기 위해 땀을 흘리며 일하여 새로운 기술을 체득한다. 그러나 어쩔 수 없이 기술을 전수해야 한다면 요령껏 하라. 절대로 모든 것을 전수하지는 마라. 자신이 중요한 기술을 갖고 있어야 다른 사람들에게 경외감을 갖게 하며, 명성을 유지할 수 있다. 다른 사람의 호감을 얻기 위해 기술을 전수해야 할 때에도 모든 걸 노출시키지 마라. 무슨 일이든 완벽하게 해냄으로써 사람들로부터 찬사를 받도록 하라. 인생을 지혜롭게 사는 사람은 일을 한 뒤에 여운을 남기는 법이다.

생각 없이 경쟁자를
모방하지 않는다

경쟁자를 이기기 위해 경쟁자가 하는 일을 모방하지 마라. 현명한 사람은 그럴 듯하게 포장한 어리석은 사람의 행동이 좋아 보인다고 그대로 따라 하지는 않는다. 현명한 사람은 어리석은 사람이 미처 보지 못하는 점까지 미리 봄으로써 어리석은 사람이 저지를 수 있는 과오를 피해 간다. 따라서 현명한 사람은 누군가 이미 지나쳐 간 일에 뒤늦게 뛰어들지는 않는다.

56

어리석은 질투심은
완벽한 사람에게 티를 만든다

　　무릇 주변 사람들의 질투심은 당신에게 치욕과 수모를 안겨준다. 질투심이란 티없이 완벽한 사람의 완벽함에 오점을 남긴다. 그가 이루어낸 훌륭한 업적 위로 다른 사람들의 질시가 빛의 속도로 쏟아지는 광경을 그려보라. 이런 이유로 천재인 호머조차 잠을 청하는 방법으로 종종 재능과 용기를 게으름에 맡겼던 것이다. 온 세상에 독을 퍼뜨리지 않도록 악의적인 혀를 달랠 일이다. 영생 불사할 수 있는 불로초를 얻으려면 질투심에 사로잡혀 날뛰는 황소에게 빨간 망토를 던져라.

재주가 밖으로 도드라지면
미움이 날파리처럼 꼬인다

자신보다 직위가 높은 사람을 앞지르려 하는 것은 어리석은 일이다. 언제 어디서나 뛰어난 존재는 미움의 대상이 되는 법이다. 따라서 주변 사람의 질시를 받을 만한 행동은 자제하는 것이 좋다. 만일 외모가 아름답다면 평범한 옷차림으로 외모를 감추어야 할 것이다. 요컨대 거저 얻은 행운은 다른 사람에게 얼마든지 양보할 수 있지만, 지식에 관한 것만은 양보해서는 안된다.

실력을 쌓는 것은 내 일이고
그것을 높이는 것은 남의 일이다

재능이 뛰어날수록 잘난 척하지 말라. 보기에도 좋지 않을 뿐더러, 야비해 보이기까지 하기 때문이다. 일처리에 능한 사람일수록 자신의 능력이 마치 천성인 것처럼 보이도록 애써 숨기는 법이다. 현명한 사람일수록 자신의 장점을 드러내지 않는 법이다. 자신이 그런 것들에 관심이 없는 듯 행동할 때 주변 사람들이 그것을 인정하고 받드는 법이다. 자신의 능력은 최대한 발휘하되 자기 스스로 그것을 드러내지 않아야 한다.

큰 힘은 마지막 승리보다는
기선제압에 쓴다

무슨 일이 닥치더라도 용기를 잃어서는 안된다. 아무리 겁 많은 토끼라도 위기가 닥치면 죽은 사자의 갈기를 물어뜯을 수 있는 법이다. 용기란 웃어넘길 수 있는 대상이 아니다. 일단 한 번 양보하면 두 번, 세 번 그리고 마지막까지 양보하게 마련이다. 마지막에 승리하기 위해 큰 힘을 남겨놓았다면 처음에 쓰는 게 좋다. 처음에 힘을 쓰면 힘들이지 않고 많은 것을 얻을 수 있다. 정신력에서 나오는 용기는 육체의 힘을 뛰어넘고도 남는 법이다. 따라서 약한 정신은 약한 육체보다 더 많은 것을 잃게 만드는 법이다. 아무리 뛰어난 능력을 지녔다 할지라도 강한 정신력이 받쳐주지 않으면 비참하게 삶을 마감할 것이다.

60

목적한 일을 위해
상상력을 가동하라

상상력을 가동할 때는 누를 줄도 알고 북돋울 줄도 알아야 한다. 상상력은 원하는 방향으로 당신을 이끌어주기 때문이다. 심지어 이성조차 상상력을 누를 수가 없다. 그러나 상상력이란 이따금 권력자의 신하처럼 굴다가도 때로는 하릴 없이 게으름을 피우기도 한다. 상상력은 사람들에게 만족감도 주지만, 절망감에 빠뜨리기도 한다. 상상력은 어떤 사람에게는 항상 고통을 주면서 괴롭히고, 어떤 사람에게는 따뜻한 웃음을 머금고 행복의 잔을 채워주기도 한다.

분노해야 할 때 분노하지 않는 것은
무력함의 표시이다

사람이 너무 좋다는 말을 듣지 마라. 그런 말은 때로는 모욕이다. 분노할 줄 모르는 것이 바람직한 것은 아니다. 그런 사람은 자비심이 있다기보다는 무기력하게 보이기 때문이다. 때때로 분노는 자신의 존재를 드러내는 방편이다. 허수아비는 참새에게조차 놀림감이 된다.

62

표현되지 않는 장점은
온전히 그 진가를 발휘하지 못한다

예술은 자연의 작품이지만, 자연은 예술의 물감이 되어준다. 아름다움조차 비교할 대상이 없이는 존재할 수가 없다. 어떤 완벽한 예술품도 표현되지 않으면 불완전하다. 예술은 추한 것을 걸러 숭고한 것을 끄집어낸다. 자연은 그 자체가 최상의 아름다움이라고 할 수 있지만 사람이 예술을 통해 그 완벽함을 증명해줄 때 더욱 완전해지는 것이다. 결국 표현되지 않는다면 제아무리 완전한 것이라도 불완전한 채 머무르게 되는 것이다. 그러므로 완전한 예술품은 끝없는 연마를 통해서 이루어지는 것이다. 이는 인간이 교육을 통해 동물적 본능에서 벗어나는 것과 같다.

겉치레보다는
내실을 다지는 데 힘쓴다

생각이 깊고 철두철미한 사람만이 책임감을 훌륭하게 완수할 수 있다. 따라서 겉치레보다는 내실에 더 신경을 써야 한다. 주변을 보면 짓다 만 집 같은 사람들이 있다. 건축 자재가 부족한 탓에 현관은 화려하지만 거실은 헛간 같이 방치해 두고 있다. 외양에만 치중하기 때문이다. 그런 부류의 사람들과는 사귈 필요가 없다. 너나없이 고리타분할 뿐이다. 그들은 웃는 얼굴로 요란스럽게 허세를 부리지만 결국은 서글픈 침묵 속으로 돌아간다. 깊은 생각이 우선되지 않은 말은 수원(水源)이 없는 곳에서 흘러나온 물처럼 이내 고갈되고 만다.

64

일하기에 앞서
자신의 능력을 살핀다

먼저 자신이라는 존재를 알라. 자신의 존재에 대해 알지 못한다면 그 누구도 자신의 주인으로 살아갈 수 없다. 어떤 일이든 시작하기 전에 자신이 갖고 있는 능력이 어느 정도인지를 알아야만 한다. 전쟁터에 나가야 한다면 먼저 자신의 용기부터 시험해봐야 한다. 그리고 얼마나 자신이 깊이 있는 인간이며, 일을 해낼 수 있는 능력은 어느 정도 되는지 알아두어야 한다.

매일매일 갈고 닦고
수행한다

보다 완전해질 수 있도록 있는 힘을 다해 노력하라.
태어날 때부터 완전한 모습을 한 인간은 없다. 있는 힘껏 능력
을 발휘하고, 마음을 수양하며 문제점을 고쳐 나가도록 노력
해야 한다. 지혜로운 판단, 좋은 생각, 고상한 취미, 강하고 순
수한 의지를 갖게 될 때 비로소 최고의 인간으로 거듭날 수
있다.

눈부신 빛으로
자신을 빛나게 하라

　　날마다 자신을 눈부신 빛으로 빛나게 하라. 이는 불사조만이 누릴 수 있는 권리이다. 시간 속에서 빛이 바래지 않는 것은 세상에 없다. 한 인간의 탁월함이나 명성도 시간이 지나면 빛이 바래게 마련이다. 그러므로 자신이 가진 용기와 재능 그리고 행운을 비롯한 모든 것에 새로운 생명력을 불어넣는 일을 소홀히 해서는 안된다. 새로운 일을 찾아낸 다음 세상에 태양처럼 다시 나타나라. 그리고 찬란하게 떠올라라. 회귀에 대한 열망과 새로움에 대한 찬사가 쏟아지도록 빛을 발할 무대를 꾸며라.

결점을 장점으로
부각시킨다

자신의 부족한 점이 무엇인지를 아는 것은 매우 중요하다. 사람들 중에는 선천적인 기질을 갈고 닦아 빛나는 재능으로 탈바꿈하는 예를 보았다. 그러나 진지함이 부족하면 그것이 어렵다. 진지함이 부족하면 아무리 능력이 뛰어나도 쓸모가 없어진다. 하지만 사람마다 부족한 것은 각기 다르게 마련이다. 예를 들면 행동력이 부족한 사람도 있고 절제력이 부족한 사람도 있다. 이런 결점들은 마음만 먹으면 쉽게 고칠 수 있는 것들이다. 결점을 장점으로 부각시켜 성공한 이들이 수없이 많다.

68

재능과 포장술을 발휘해
기회를 잡는다

자신의 능력을 보여줄 수 있는 기회를 놓치지 말라.
기회는 누구에게나 오지만, 막상 그것을 잡는 사람은 드물다.
그러므로 기회라고 생각되면 잡아야 한다. 운명은 당신에게
날마다 좋은 날이라며 축배를 들게 하지는 않는다. 자신을 포
장하는 기술력과 과시력이 뛰어난 사람은 너절한 물건도 그
럴싸하게 보이도록 하고, 중요한 것은 더욱 중요하게 보이도록
할 줄 아는 포장술이 있게 마련이다. 타고난 재능에 포장술까
지 겸비한 결과 얻어진 명성은 기적을 일으키기도 한다. 요란
한 치장은 수많은 결점을 가려주고, 살아 있는 사물에 경이로
운 생명력을 선사한다. 하늘은 자신이 내려준 완벽함을 그냥
내버려두는 법이 없다. 그것을 배치하는 데에도 완벽함을 추

구한다. 완벽함을 구사하려면 나름의 기술력이 필요하다. 게다가 타이밍을 맞추지 못하면 웃음거리가 될 수도 있다. 그렇다고 흉내만 낼 수도 없다. 거짓으로 꾸미는 것은 한계가 있기 때문이다. 자제력이 있는 현명한 사람은 무슨 일이든지 중도를 지킨다. 때로는 침묵과 방심한 듯한 태도로 완벽함을 드러내기도 한다. 이런 식의 행동은 매우 효과적이다. 무심한 듯해 보이는 것에 사람들은 더 관심을 보이기 때문이다. 또한 한번에 완벽함을 과시하기보다는 양파 껍질 벗기듯 하나씩 하나씩 보여주는 것도 능란한 기교라고 할 수 있다. 작은 업적은 더 큰 업적을 짜는 씨실과 날실이 되어 줄 것이다. 지금 받는 갈채 속에는 이후에 또다시 받을 수 있다는 희망이 섞여 있는 것이다.

3

사람의 마음을
얻는
분별력

69

현명한 판단력은
고집이 아니라 경험에 의지한다

현명한 판단력을 길러라. 분별력이 있는 사람은 이미 반은 성공한 셈이다. 경륜과 체험이 풍부할수록 지혜로운 판단을 할 수 있다. 고집과 변덕, 망령된 생각은 지혜로운 생각을 방해하므로 멀리해야 한다. 더욱이 철저한 비밀이 요구되는 중대한 국가 기밀일수록 판단하는 데 심사숙고해야 한다.

의지의 유무보다
능력의 유무를 먼저 살핀다

사물을 제대로 볼 수 있는 안목을 키워라. 똑같이 배우고 공부했다 해도 사물을 바라보는 안목은 각기 다르다. 주변을 둘러보면 사람들마다 각기 다른 개성을 가졌듯 어떤 현상을 두고도 해석은 제각각이다. 어떤 사람은 세상을 보는 안목이 부족해서 온 집안을 망치는 경우도 있다. 삶을 이해하려는 의지가 없는 사람에게 이해시키는 것도 어렵지만, 이해하지 못하는 사람에게 의지를 갖게 하는 것은 더욱 어렵다.

71

인생의 성패는
선택에 달렸다

인생은 선택에 달려 있다고 해도 과언이 아니다. 선택을 할 때에는 기본적으로 좋은 생각, 바른 판단이 필요하다. 선택에 미치지 못하는 것이 이성이고 지식이다. 선택 없이는 어떤 일도 할 수 없다. 운명은 항상 최선의 것을 선택할 수 있는 길을 열어놓는다. 그리고 누구나 최선의 선택을 할 수 있는 능력도 가지고 있다. 그런데도 파멸하는 사람이 많은 것은 선택을 잘못해서이다. 심지어 강인한 정신, 예리한 이성, 높은 학식, 신중함을 지닌 사람들조차도 잘못된 선택으로 파멸하는 경우가 종종 있다. 그러니 좋은 선택을 할 수 있는 재능이야말로 하늘이 인간에게 내려준 가장 위대한 것 중 하나이다.

매사에 긍정적인 면을 찾아
만족을 구한다

모든 일에는 양면성이 있다. 칼도 날 쪽을 쥐면 위험하지만 손잡이를 잡으면 방패로 사용할 수 있다. 처음에는 좋은 면만 보고 환호했던 일도 나중에는 후회할 일로 바뀔 때가 많다. 모든 일에는 유리한 면과 불리한 면이 있는 법이다. 따라서 사물의 유리한 면을 볼 줄 아는 혜안이 필요하다. 혜안을 가진 사람만이 어떤 일을 하든 만족하고, 어리석은 사람은 어떤 일을 하든 후회를 한다.

73

대화를 통해 그 사람의
됨됨이를 판단한다

　사람을 볼 줄 아는 눈을 가져라. 지혜로운 사람은 매
사에 진중하여 사람을 보는 안목이 높다. 상대가 어떤 사람인
가를 알기 위해서는 통찰력을 길러야 한다. 타인의 성품을 아
는 것은 세상을 살아가는 데 매우 중요하다. 소리로 쇠의 성분
을 알 수 있듯이, 대화를 통해 상대방의 됨됨이를 알 수 있다.
말은 그 사람이 어떠한가를 재는 잣대이자 행동을 짐작할 수
있는 기준이다.

경쟁자의 반대쪽이 아닌,
경쟁자보다 유리한 쪽에 선다

경쟁자에게 유리한 고지를 빼앗겼다고 해서 그 반대편에 서지 마라. 좋은 고지를 점한 경쟁자에게 대항하기 위해 일부러 반대편에 가담하는 것은 어리석은 짓이다. 고집불통인 사람은 체면을 위해 진리에 대항할 뿐 진리를 애써 꺼린다. 지혜로운 사람은 감정보다는 정의를 좇는다. 물론 여기에는 계산적으로 좀 더 많은 이득을 얻기 위해 좋은 쪽에 가담하는 경우도 있다. 경쟁자를 축출하는 최선의 방법은 자신이 한 발 앞서 좋은 쪽을 택하는 것이다.

적대자가 될 사람을
내편으로 만든다

　치욕을 찬사로 바꾸어라. 치욕은 피하는 것이 그것을 응징하는 것보다 지혜롭다. 적대자가 될 가능성이 다분한 사람을 내 편으로 만드는 것은 참으로 현명한 일이다. 그런 사람에게는 많은 관심을 기울여 불유쾌한 말보다는 칭찬을 하라. 불쾌했던 일을 기분 좋은 일로 바꿀 줄 아는 사람은 지혜로운 사람이다.

험담에 대한 변명은 차선이고
방지는 최선이다

비열한 험담은 조심할수록 좋다. 일반적으로 사람들 사이에 험담이 나돌면 그중 명성이 높은 사람 쪽이 고통을 당하는 법이다. 비열한 험담은 공들여 쌓은 명예를 한순간에 땅에 떨어뜨릴 수 있다. 당신이 궁지에 몰렸을 때, 상황이 좋지 않을 때, 그리고 구설수에 오를 법한 행동을 했을 때 사람들은 마구 험담을 쏟아낸다. 또한 한 사람에게서 나온 교활한 계략은 일반인들에게 중상으로 확대되는 경우가 많다. 모략가들은 아무리 대단한 명성을 지닌 사람이라 하더라도 한마디 험담으로 파멸시키는 법이다. 나쁜 평판을 얻는 것은 식은 죽 먹기보다 쉽다. 좋지 않은 것은 더 그럴듯해 보이는 마력을 지니고 있기 때문이다. 험담을 완전히 없앨 수는 없다. 따라서 현명한 사람은 보통 사람들의 입방아를 늘 경계해야 한다. 미리 방지하는 것이 훗날 변명하는 것보다 훨씬 낫다.

77

변화하는 것을 살펴
시대에 뒤처지지 않는다

시대를 거스르지 말고 흐름에 부응하라. 지식마저도 시대의 유행을 따르는 법이다. 그 시대의 유행을 알지 못하는 것은 자신이 무지하다는 것을 뽐내는 것이나 다름없다. 낡은 사고방식을 버리고 새로운 사고방식을 받아들여야 한다. 새로운 사고방식은 언제 어디서나 더 큰 설득력을 얻게 마련이다. 따라서 가장 현대적인 사고방식을 따르고, 이를 더 높은 경지로 끌어올리기 위해 노력하라. 현명한 사람은 오래된 것이 더 좋아 보인다 할지라도 당대에 유행하는 것을 순순히 취하는 법이다. 또한 좋은 생각을 가졌다 해도 실천에 옮기지 않으면 소용이 없다. 문제는 선조들의 귀한 덕목을 과거의 유물인 양 치부해버리는 것이다. 착한 사람들은 모두 옛날에만 존재했던 것처럼 생각되지만 오늘날에도 여전히 사랑을 받고 있다. 착한 사람이란 유행을 타는 것도 아니지만 모방할 수 있는 대상도 아니다. 현명한 사람이라면 자신이 원하는 만큼은 아니라 할지라도 할 수 있는 만큼은 노력해야 한다.

화는 불가피할 때 내고
불필요할 때 그친다

화를 낼 필요가 있을 때는 화를 내라. 하지만 하찮은 일에 대한 화풀이라면 참아야 한다. 화를 내는 일에도 자제력이 필요한 법이다. 이성적인 판단력이 있는 사람이라면 얼마든지 조절이 가능한 일이다. 이때 명심해야 할 것은 화를 낼 경우, 자신이 화를 내고 있다는 것은 알아야 한다. 자신이 화를 내는 것이 어떤 결과를 초래할지 생각해보고, 또 어디쯤에서 그쳐야 할지도 염두에 두어야 한다. 화를 내는 것도 하나의 전술이다. 어리석은 사람들이 분별력을 잃고 생각 없이 화를 낼 때 옆에서 덩달아 화를 내지 않는 것만으로도 현명한 일이다.

남의 일에 간섭하는
사람의 일은 절대 떠맡지 않는다

　　다른 사람의 일에 간섭하는 사람들을 주의하라. 이들은 자신이 저지른 실수를 책임지지 않기 위해 늘 간섭을 한다. 이들의 교활하고 간특한 계책을 미리 냄새 맡으려면 개처럼 예리한 후각을 지녀야만 한다. 많은 사람들이 자기가 해야 할 일을 다른 사람에게 떠넘기는 술수를 쓰고 있다. 이런 것을 가려낼 수 있는 눈이 없는 사람은 결국 상대가 부리는 간사한 계략에 넘어가 몸을 움직일수록 더 깊은 늪 속으로 빠져들게 마련이다. 뜨거운 용광로 속에서 제 손을 빨갛게 달궈가며 다른 사람에게 득이 되는 것을 꺼내주는 꼴이다.

80

지나친 기대감은
피하는 게 상책이다

　　다른 사람으로 하여금 지나친 기대감을 품도록 만드는 것은 자신을 위험에 빠트리는 일이다. 역사적 인물들이 대부분 불행한 결말을 맞게 된 이유는, 사람들에게 지나친 기대를 갖게 만들어놓고 결국 그 기대에 부응하지 못했기 때문이다. 기대심리란 소망과 합쳐지면 군중으로 하여금 실제 능력보다 더 크고 많은 것을 바라게 만드는 법이다. 아무리 능력이 대단한 사람일지라도 풍선처럼 부풀려진 기대심리를 만족시킬 수는 없는 법이다. 사람들은 숭배하던 대상이 자신들의 기대에 미치지 못한다고 생각되면 뛰어난 능력을 칭찬하던 혀 밑에 비난의 칼날을 번쩍이는 법이다. 그러므로 다른 사람들에게 무언가를 보여줄 때는 결말까지 미리 고려해 적절한 기대

를 불러일으킬 정도만 보여주어야 한다. 그리하여 결과가 기
대 이상이 되도록 하는 것이 훨씬 효과적이다. 하지만 이러한
원칙은 좋지 않은 일에서는 반대로 마무리되도록 하라.

81

속임수 앞에서는
순진함보다 교활함이 낫다

　　지나치게 순진한 사람보다는 뱀 같은 교활함을 가진 사람이 낫다. 가장 속이기 쉬운 대상이 정직한 사람이기 때문이다. 거짓말을 하지 않을 뿐더러 남을 속이지도 않는 사람은 다른 사람들을 쉽게 믿고 따르는 경향이 있다. 하지만 어리석어서가 아니라, 선의로 거짓말에 속아주는 사람도 종종 볼 수 있다. 속임수에 빠져들지 않는 사람들은 두 부류가 있다. 그중 한 부류는 경험자들이다. 다른 하나는 교활한 사람들이다. 경험이 있는 사람은 속임수에서 빠져나오려고 하지만, 교활한 사람들은 일부러 그 속임수로 빠져드는 척하는 게 다를 뿐이다.

대중은 적당한 포장에
열렬히 반응한다

　때로는 애매모호한 태도를 취할 필요가 있다. 사람들은 대체로 정체를 알 수 없는 대상을 숭배하는 법이다. 일반적으로 애매모호한 구석이 있는 인물들이 유명해지는 이유가 바로 여기에 있다. 따라서 실제보다 더 현명해 보이고, 또 영리해 보일 필요가 있다. 하지만 지나친 과대포장보다는 적당한 포장이 낫다. 포장과 함께 올라가는 것이 사람들의 평판이기 때문이다. 생각과 분별력이란 통찰력을 갖춘 사람에게 중요한 작용을 하게 마련이다. 하지만 보통 사람들은 자신을 감출 줄 알아야 한다. 여러 겹의 신비에 싸인 인물은 사람들에게 외경심을 갖게 하는 법이다.

83

불확실할 때는
가장 안전한 것을 붙잡는다

무엇이 옳은지 잘 모르겠다면 가장 안전한 것을 붙잡는 것이 위험에 빠지지 않는 한 방법이다. 그리하면 겉으로는 불안정해 보일지 몰라도 실제로는 든든한 배경을 갖게 된다. 잘 모르면서 무턱대고 위험을 무릅쓰는 것은 스스로 화를 부르는 결과를 초래한다. 언제 어디서나 옳은 것을 붙들라. 확고한 위치를 차지하고 있는 자는 별안간 낭패에 빠질 위험이 없다. 안전이 확인된 것은 언제나 그렇듯 특수한 것보다 훨씬 낫다.

지나친 것은
모자람만 못하다

　훈장이라면 아무것도 달지 말라. 아무리 빛나는 장점일지라도 훈장으로 쓰이면 빛을 잃을 수 있다. 훈장은 특별한 공로를 세운 사람에게 주어지는 것이므로 보통 사람들 속에서는 고립되기 쉽다. 사람의 얼굴조차 그 아름다움이 지나치면 흠이 되어 품위를 잃게 된다. 미남 미녀가 사람들의 입방아에 올라 불행을 당한 일들이 얼마나 많은가. 통찰력도 지나치면 조잡해질 수 있다.

85

아쉬울수록
가치는 올라간다

배가 고프다는 이유로 포만감이 느껴질 때까지 먹어서는 안된다. 아무리 식욕이 당기더라도 억제할 줄 알아야 한다. 욕망이야말로 삶을 판단하는 소중한 척도인 것이다. 목마름을 느끼더라도 완전히 해소해서는 안된다. 자신의 가치를 높이려면 양이 적을수록 효과가 커진다. 어떤 사람의 마음을 사로잡고 싶다면 먼저 그로 하여금 갈증을 느끼도록 하라. 관계를 오래 유지하려면 상대에게 모든 걸 보여주지 말고 적절히 감추는 게 낫다. 그리하면 행운이 왔을 때 그 행운을 두 배로 즐길 수 있을 것이다.

생각과 행동 사이에서
머뭇거리면 만사를 그르친다

결단력을 가져라. 우유부단한 사람은 만사를 그르친다. 이들 우유부단한 사람은 늘 다른 사람의 도움을 받고 살아간다. 이는 판단력의 부재와 실행력의 부족 탓이다. 사람은 힘든 난관을 견디어낼 때에야 통찰력이 입증되는 법이다. 또한 그 난관으로부터 벗어나는 길을 발견해야만 더 큰 통찰력이 입증될 것이다. 반면 어떤 일에도 난관에 빠지지 않으면서 일사천리로 마치는 사람들도 있다. 이루어낸 일을 세상에 공표하고 나면 그들에게는 다음 일이 기다리고 있을 것이다. 일을 행하기에 앞서 찬사라는 이름으로 선금을 받았으므로 그들은 더 편안하게 일에 매달릴 수 있다.

진실은 절반만
밖으로 드러난다

뛰어난 언변을 최고의 능력으로 여겼던 때가 있었다. 하지만 이제는 그것만으로는 부족하다. 예지를 요구하는 때가 온 것이다. 이는 속임수에 말려들지 않기 위한 필요 조건이다. 다른 사람들의 속마음을 알아내는 독심술을 가진 사람들도 있다. 말이란 목을 늘어뜨리고 고대해 온 진실 중 절반만이 밖으로 드러난 것이기 때문이다. 오직 주의력이 뛰어난 사람들만이 예지를 동원해 실체를 모조리 읽어낼 수 있다. 신중하고 집중력이 뛰어난 이들은 자신의 눈에 들어온 것에는 믿음의 고삐를 조이고, 눈 밖의 사물에 대해서는 더욱 믿음의 박차를 가하는 법이다.

다른 사람을 이해하면서
동시에 실체를 파악하라

　　통찰력과 더불어 정확한 판단력을 지니고 있으면 세상을 지배할 수 있다. 다른 사람을 이해하면서 동시에 그 실체를 간파할 수 있기 때문이다. 또한 상대의 숨겨진 이면을 거장다운 세심한 관찰을 통해 꿰뚫어볼 수도 있다. 요컨대 만사를 세심하게 응시하다보면 새로운 것을 발견하고 받아들이게 된다.

89

지혜로운 조언을
귀담아듣는 것도 지혜다

통찰력을 키워라. 아니면 통찰력이 있는 사람의 말을 귀담아들을 일이다. 노력하여 지혜로운 사람이 되거나 지혜로운 사람의 조언을 청하지 않고서는 살아갈 수 없기 때문이다. 사람들은 대체로 자신의 무지를 스스로 깨닫지 못하는 법이다. 자신을 매우 지혜롭다고 생각하는 이들조차 어리석기 짝이 없는 일을 행하는 경우가 많다. 좋지 않은 머리를 고칠 수 있는 약은 없다. 무지한 사람들은 친절한 설명을 해주어도 깨닫지 못하므로, 자신에게 부족한 점이 무엇인지도 모르는 경우가 많다. 자신이 지혜롭다고 착각하지 않는다면, 그것이 오히려 지혜로운 것이다. 현명한 예언자가 많지 않은 까닭은 조언을 구하는 이들이 없기 때문이다. 하지만 다른 사람의 조언을 구한다고 해서 자신의 특출함이 사라지는 것은 아니다. 만일 조언을 구한다고 해서 특출함이 사라진다면, 그것은 자신의 능력이 부족한 것이다. 다른 사람의 조언을 귀담아 듣는 것은 오히려 자신이 능력 있는 사람이라는 사실을 보여주는 증거가 된다.

90

명성에 보탬이 안 되는
일에는 끼어들지 않는다

자신의 명성에 도움이 안 되는 일에는 개입을 말라.
궂은일일수록 더욱 그렇다. 그런 일에는 끼어들어봤자 비난만
듣는다. 현명한 사람이 버린 것을 주워 들고 기꺼워하는 괴상
한 취미를 가진 부류가 있다. 그런 이들은 비록 세상에 이름을
떨칠지라도 명예가 아닌 멸시 때문일 것이다. 신중한 사람이라
면 매우 자신 있는 일에도 주의를 기울이는 법이다. 그리고 멸
시를 받을지도 모르는 일에는 눈길조차 보내지 않는다.

91

너무 많은 것을 얻고자 하면
모든 것을 잃는다

　팔방미인이 되어야 한다는 욕심을 내어서는 안된다. 팔방미인의 결점은 많은 일을 해내려다 한 가지도 제대로 못해낸다는 사실이다. 도를 넘는 자기 과신은 주변 사람들의 반발을 불러일으킬 뿐이다. 어떤 일에도 쓸모가 없다는 것도 슬픈 일이지만, 다방면에 재주가 많다는 것도 화를 부르는 일이다. 너무 많은 것을 얻으려 들면 결국 모든 것을 잃게 되고, 사람들의 미움을 사게 된다. 그런 사람은 결국 자신이 가진 것을 철저히 소신해버린 다음 최고라는 찬사 대신 멸시와 천대를 받게 될 것이다. 이런 위험에서 자유로워질 수 있는 최선의 방법은 명성이 있을 때 절제를 하는 것뿐이다. 완벽한 모습으로는 다른 사람들에게 질시를 받기 쉬우므로 절제를 해야 탈이 나지 않는 법이다. 자신의 가치를 높이는 방법 중 하나는 구두쇠가 되는 것이다.

공명심에 위험 속으로
뛰어드는 것은 금물이다

명예의 결투를 조심하라. 그것은 당신이 조심해야 할 가장 중요한 것 중의 하나이며, 멀리할수록 좋다. 당신을 좋지 않은 방향으로 인도할 것이기 때문이다. 모든 전쟁은 폐허를 남기듯, 명예의 결투는 크나큰 상처를 남기는 법이다. 하지만 기질이나 국민성 탓에 명예의 결투를 의무인 것처럼 여기는 사람들이 있다. 하지만 이성이 있는 사람은 어떤 일에 개입해 승리를 거두는 것보다는 용자의 길을 택하는 법이다. 이런 사람은 어리석은 사람들이 온갖 찬사로 등을 떠밀어 댈지라도 신념을 갖고 자연스레 그곳을 빠져나오는 법이다.

한 차례의 시험에
전부를 걸지 않는다

　단 한 차례의 시험에 모든 걸 걸지 말라. 그것은 위험한 짓이다. 실패했을 경우 그 피해를 생각해보라. 얼마나 치명적인가. 하지만 시간은 정해져 있고, 기회는 늘 찾아오는 게 아니다. 그래서 사람들은 운이 좋으면 기회를 잘 만났다는 말을 하는 것이다. 첫 번째 시험을 본 경험을 통해 두 번째 시험을 노련하게 볼 수 있다. 성공을 했든 실패를 했든, 첫 번째 본 시험은 두 번째 시험을 보다 확실하게 볼 수 있는 여건을 마련해준다.

94

사랑받는 것보다
존경받는 것이 낫다

　　존경과 사랑을 동시에 받기는 어려운 것이다. 존경을 받으면서 사랑까지 함께 받는다는 것은 정말 어려운 노릇이다. 이 둘은 원래가 공존하기 어려운 것이기 때문이다. 사람들에게 두려움의 대상이 되는 것도 좋지는 않지만, 지나치게 사랑을 받는 것 역시 좋지 않다. 만일 둘 중 하나를 골라야 한다면 존경을 받는 쪽이 낫다. 사람들에게 아낌없는 사랑을 받는 것보다 존경을 받는 것이 낫다.

마음이 흔들리지 않을 때는
마음을 믿어라

그대의 마음을 믿어라. 믿음이 흔들리지 않을 때는 더욱 그렇게 하라. 믿음이란 일이 생기기 전에 어떤 것이 가장 중요한지 미리 알려주는 것이다. 사람들은 대부분 하늘에서 받아든 진실한 마음을 지니고 있는 법이다. 그리하여 불행이 찾아올 때를 미리 알려 예방책을 구하라는 뜻으로 경고등을 켠다.

96

혼란의 정점에서는
가만히 있는 게 상책이다

사물을 있는 그대로 보라. 인간은 때때로 격한 운명의 흐름에 맞닥뜨릴 때가 있다. 그때는 안전한 피난처에 있는 것이 최선이다. 의사는 전문가적인 치료 외에 단순한 심리적 요법도 쓸 줄도 알아야 한다. 세상의 풍파에 휘둘리지 않으려면 묵묵히 내면을 단련하는 일을 게을리하지 말아야 한다. 때맞춰 양보하는 것이야말로 승리하는 길이다. 혼탁한 샘물은 내버려두면 맑아진다. 심한 혼란에 빠졌을 때는 내버려두는 것이 최선이다. 시간이 지나면 자연스레 혼란은 사라지고 제자리를 찾게 된다.

불행의 소지는 없애고
헛된 일은 피한다

　　불행을 불러들이지 말고 헛된 일을 피하라. 이보다
더 현명한 태도는 없다. 나쁜 소식은 알리지도 말고 듣지도 말
라. 좋은 소식이 아니면 들으려 하지 말라. 아침에만 귀를 여는
사람이 있는가 하면 험담만 종일 늘어놓는 사람도 있다. 잠시
라도 분노를 터뜨리지 않으면 무료해하는 사람도 있다. 하지만
주변 사람을 기쁘게 하기 위해 슬픔 속에 빠지는 것 또한 현명
한 일이 아니다. 조언을 구하는 사람을 위해 자신의 안위를 위
태롭게 하는 일을 해서도 안된다. 흔히 즐거움은 다른 이에게
주고 고통은 자신이 짊어지라고 한다. 다른 이가 지금 슬퍼하
는 것이 나중에 자신이 쓸쓸하게 슬퍼하는 것보다 낫다.

98

곧바로 가기 어려우면
돌아서 간다

　필요할 때는 돌아갈 줄도 알아야 한다. 영리한 사람일수록 난처한 상황에 부딪히면 이런 방법을 잘 활용한다. 말하자면 주변을 부산스럽게 하지 않으면서도 방향을 살짝 비틀어 복잡한 미로에서 빠져나오는 것이다. 그들은 피 흘리는 전투에서도 여유로운 미소를 머금은 채 전장을 벗어난다. 그리고 참여하기 곤란한 화제를 만나면 다른 화제로 자연스럽게 바꿀 수 있을 만큼 지혜롭기도 하다. 물론 그보다 더 좋은 방법이 있다면, 마치 그 화제를 모르고 있는 척 시치미를 떼는 것이 좋다.

모범적인 언행이
몸에 배게 하라

분별력을 향상시키기 위해 노력을 아끼지 말라. 분별력은 말과 행동의 밑바탕이다. 아주 사소한 문제를 해결한 지혜일지라도 산더미 같은 재치보다 낫다. 당신의 연륜이 깊어질수록 더욱 빛을 발할 것이다. 분별력은 큰 힘과 돈을 들이지 않고도 사람들을 안전한 장소로 옮길 수 있도록 해주는 장치와도 같다. 그러므로 당신이 지혜롭다는 평만큼 명예로운 것도 없다. 하지만 당신이 진실로 지혜로운 사람이라면, 자신이 모범적인 언행을 하는 사람으로 기억되는 것만으로 만족해야 한다.

100

한쪽 귀로 듣고 한쪽 귀로 흘려도 될 일에는 신경 쓰지 않는다

자기 일이 아니라면 그것을 갖고 일을 크게 벌여서는 안된다. 매사를 부정적으로 보고 비판하는 사람이 있는가 하면, 남의 문제를 자기 일처럼 생각하고 부풀리는 사람도 있다. 모든 일을 너무 심각하게 받아들인 나머지 분쟁이나 비밀거리를 만들어낼 수도 있다. 좋지 않은 일일수록 심각하게 받아들이지 말라. 한쪽 귀로 듣고 한쪽 귀로 흘려도 될 일에 반응을 보이는 것은 어리석은 일이다. 사람들이 신경을 쓰지 않은 탓에 지나쳐버린 큰일이 있는가 하면, 별것이 아닌데도 심각하게 받아들인 탓에 크게 부풀려놓은 일도 있다. 처음에는 쉽게 해결할 수 있는 일일지라도 일단 확대되면 해결하기 어려워진다. 그러므로 진흙탕에서는 일찍 발을 빼는 것이 안전하다.

IOI

매사에 좋은 점과
부족한 점을 찾아 평가한다

　　매사에 올바른 판단을 할 수 있어야 한다. 사람은 누구나 다른 사람의 스승이 될 수 있다. 그리고 뛰는 놈 위에 나는 놈이 있다는 속담도 있다. 지혜로운 사람은 무슨 일이든 올바른 판단을 할 줄 안다. 모든 사물에서 좋은 점을 찾아내는 한편, 더 좋은 방향으로 환경을 개선하려면 무엇이 필요한지 판단할 줄도 안다. 어리석은 사람이 다른 사람을 경시하는 법이다. 또한 이들은 사물의 좋은 점을 보지 못하고 좋지 않은 것만 보는 법이다.

I02

잊는 것만큼
큰 복수는 없다

때로는 무심하라. 간절히 찾던 것도 잊어버리고 있을 때는 자주 눈에 띈다. 무관심은 상대를 제압하는 수단이 되기도 한다. 붓으로 변명하지 말라는 현자의 충고에 귀를 기울여라. 붓은 흔적을 남겨 의도와는 반대의 결과를 가져올 수도 있다. 아무것도 이룬 것이 없는 사람들은 훌륭한 사람들의 경쟁자로 나서서 명성을 얻으려는 간악한 술수를 쓰기도 한다. 경쟁자들이 침묵했더라면 알려지지 않았을 훌륭한 사람들도 많다. 잊는 것만큼 큰 복수는 없다. 잊는다는 것은 상대방을 무시하는 것이다. 중상모략을 잠재우는 최선책은 무시하는 것이다. 맞서 싸워봐야 얻을 것이 없다. 상대의 의도에 말려들어가 애써 쌓은 명성에 흠집을 내게 된다. 명성은 작은 과오 하나에도 빛이 흐려진다.

대중의 어리석음에
휩쓸리지 않는다

어리석은 일을 피해 가라. 대중의 인기에 영합하는 것은 어리석다. 스스로의 어리석음에서 벗어날 수 있는 사람도 대중의 어리석음에서 벗어나기는 어렵다. 대중은 당신의 좋은 운명은 불편해하지만 당신의 나쁜 판단에는 흡족해한다. 인간의 마음이란 이렇게 간사한 것이다. 늘 남을 부러워하면서 스스로에게 만족하지 못하는 성격도 이런 어리석음에 쉽게 노출된다. 오늘은 어제의 일을 칭찬하고, 모여 앉은 사람들은 자리에 없는 사람을 칭찬하는 것이 대중의 속성이다. 추억은 아름답게 느껴지고, 보이지 않는 곳에 있는 것은 더욱 값져 보인다. 모든 것을 비웃는 사람은 모든 것을 슬프게 바라보는 사람만큼이나 어리석다.

상품에 속는 것보다
가격에 속는 게 낫다

사람에게 속아서는 안된다. 인생에서 가장 흔히 일어나는 일이 사람에게 속는 것이다. 상품에 속는 것보다는 차라리 가격에서 속아라. 그러려면 다른 사람의 내면을 들여다볼 줄 알아야 한다. 물론 상품을 아는 것과 사람을 아는 것은 서로 다른 일이다.

무엇이든 그 정점을 알고
시들기 전에 누려라

모든 사물의 성숙하는 단계를 파악하라. 그리고 그것을 즐겨라. 자연의 창조물은 나름대로 정점이 있는 법이다. 그 정점에 이를 때까지 모든 사물은 자라난다. 그리고 정점에 이르른 다음에는 사그라지게 마련이다. 정점에 도달하면 더 이상 손댈 필요가 없는 예술품이란 얼마 되지 않는다. 그러므로 어떤 일이든 정점의 단계에서 누릴 수 있다는 것은 행운이다. 그러나 아무나 누릴 수 있는 것도 아니다. 그리고 누리는 사람조차 모든 것을 이해할 수는 없다. 정신의 정점 역시 똑같은 성숙 단계를 거쳐야 완성에 이른다.

세속적인 인기에
연연하지 않는다

어떤 분야에서든 대중적인 것에 너무 빠져들지 말라. 첫째로 빠져들지 말아야 할 것은 유행이다. 현명한 이들은 자신의 창작물이 대중적 인기를 얻게 되는 것을 기뻐하지 않는다. 하지만 인기에 연연하는 이들은 대중의 숨결 속에서 기쁨을 찾으려 한다. 둘째로 빠져들지 말아야 할 것은 대중들의 의견이다. 그러니 대중의 탄성에서 기쁨을 얻지 말라. 우매한 대중은 신기한 것을 보고 몰려든다. 우매한 자들이 신기한 것을 보고 탄성을 지를 때 현명한 이들은 가려진 이면의 진실을 찾아낸다.

무의식의 소리에 귀를 기울이면
불행을 피할 수 있다

무의식의 소리에 귀를 기울여야 한다. 그 소리가 크고 확실하다면 더욱 그렇다. 무의식의 소리는 무엇이 중요한지 정확하게 들려준다. 인간은 누구나 태어날 때부터 받은 참된 본성을 지니고 있다. 인간의 무의식은 불행한 때를 감지하고 피해 가라고 일러준다. 그것을 이겨내기 위해서가 아니라면 불행 속으로 뛰어드는 것은 현명한 일이 아니다.

108

내면에 숨겨진 것을
소중히 여긴다

사람이든 사물이든 겉으로 드러난 것보다 숨겨진 것을 더 소중히 여겨야 한다. 양이 아니라 질이 늘 문제가 되는 것이다. 드문 것은 가치가 있지만 흔한 것은 가치가 없는 법이다. 실제로 거물급으로 알려진 사람들은 체구가 작은 경우가 많다. 따라서 시선이 외양에만 머문다면 결코 평범함에서 벗어날 수 없다. 보통 사람들의 고뇌는 모든 것을 보려다 어느 것도 파악하지 못하는 것에 있다. 뛰어난 것은 언제나 내면에서 뿜어져 나오는 법이다.

제대로 평가받으려면
포장도 중요하다

사물이란 실제 가치보다는 겉으로 보이는 외양으로 평가를 받는 경우가 많다. 일반적으로 사물의 내면까지 꿰뚫어보는 사람은 드물고, 외양만 살피는 경우가 흔하기 때문이다. 따라서 외양에 무신경하면 아무리 내면이 뛰어나더라도 정확한 평가를 받을 수가 없는 법이다.

IIO

멋진 겉모습은
가치를 보증한다

모든 사물은 대체로 내면이 갖고 있는 참된 가치보다
는 겉모습으로 평가를 받는다. 따라서 아무리 가치 있는 물건
일지라도 외관이 그것을 표출할 수 없다면 그 가치는 반감되
게 마련이다. 심지어 정의마저도 눈에 보이지 않으면 무시를
당하는 법이다. 사람들이 사물을 겉모습으로 판단하는 탓에
가짜가 판을 치는 것이다. 결국 좋은 모습이란 그 가치를 보장
해주는 보증수표와도 같다.

사물을 볼 때는
내면을 먼저 살핀다

사물을 볼 때는 먼저 내면을 살펴라. 속과 겉이 현저하게 다른 사물도 많다. 그래서 겉모습만 뚫어져라 살피다가 내면을 들여다보는 순간 환상이 깨지게 된다. 환상은 피상적인 것이다. 하지만 사람들은 피상적인 것일수록 쉽게 받아들이는 경향이 있다. 그러나 참으로 가치 있고 좋은 것은 실체를 감추고 한 발짝 물러서는 법이다.

112

기만에서 멀어지고
진실을 좇는다

실속 있는 사람이 되어라. 그리고 실속이 없는 일에는 관여하지 마라. 겉으로는 멀쩡한 것처럼 보이는데 속은 그렇지 않은 사람이 흔한 법이다. 그들은 그럴듯한 말로 사람들을 기만하고, 비슷한 성향의 사람들에게 도움을 받는다. 이들은 잘못된 기만을 소중한 진실보다 더 좇는 법이다. 기만은 더 큰 기만을 부를 뿐이다. 가짜는 결코 오래가지 않는다. 그런 사람들이 무언가를 제시하면 일단 의심해봐야 한다. 왜냐하면 너무 많은 것을 제시하는 경우에는 문제가 있다는 것을 스스로 자인하는 것이나 다름없기 때문이다.

자신을 이기고
열정을 다스린다

열정은 위대한 정신의 씨앗이니, 이것을 잘 다스려야
한다. 누군가가 삶의 열정을 멋지게 폭발시키면 사람들은 큰
감동을 받게 마련이다. 자신과의 싸움에서 이긴 사람이 한 가
지 일에 열정을 쏟는다면 큰 힘을 얻을 수 있다. 이는 자유와
책임감이 함께 승리한 것이나 다름없기 때문이다. 만일 슬픔
에 지배당하는 일이 있더라도 하고 있는 일까지 지배를 받아
서는 안된다.

114

무거운 교훈보다
재치 있는 유머가 더 쓸모 있다

정확한 지식을 갖춘 사람이 되어라. 분별력이 있는 사람은 많은 독서를 함으로써 나날이 품위가 높아지는 법이다. 또한 시대의 유행에도 뒤떨어지지 않기 위해 노력해야 한다. 일반적으로 지적인 사람들은 대체로 평범한 방법 대신 비범한 방법을 취하는 경향이 있다. 때로는 무겁고 교훈적인 격언보다는 재치 넘치는 유머가 더 쓸모 있는 충고가 될 수도 있다. 그러므로 현명한 사람은 적절한 때에 쓰기 위해 재치와 지혜를 쌓아두는 법이다. 더욱이 책에서는 상아탑에서 가르치는 학문보다 훨씬 큰 지혜를 발견할 수 있다.

결점마저 자신의
장신구로 삼아라

결점을 만들지도 말고 드러내지도 말라. 이것은 완벽해지기 위한 필수조건이기도 하다. 사람은 살아가면서 누구나 실수를 저지르게 마련이다. 그러나 대부분의 사람들은 자신의 결점을 감추기 때문에 다른 사람들이 결점이 있다는 걸 모를 뿐이다. 명성에 누가 되는 결점 또한 그렇다. 적들은 당신의 결점을 재빨리 발견해내는 것은 물론 좀처럼 잊는 법도 없다. 그러나 결점마저 하나의 장신구로 삼을 수 있다면 그보다 더한 능력은 없을 것이다. 카이사르는 승리의 월계관으로 자신의 육체적 콤플렉스를 가린 영웅이었다.

116

절대 자존감을
잃지 않는다

절대 자존감을 잃어서는 안된다. 그리고 자신을 하찮은 인물로 여겨서도 안된다. 티 없고 흠 없는 언행을 자신의 재산 목록 1호에 넣어야 한다. 다른 사람들이 만들어놓은 법칙보다 자신이 만든 규칙이 스스로에게 더 많은 것을 가져다줄 수 있도록 공을 들여야 한다. 옳지도 않고 타당성도 없는 일은 타인의 눈 때문이 아니라 자기 자신을 위해 하지 않도록 한다. 그리고 자기 자신을 무엇보다 두려운 존재로 여겨야 한다. 그리하면 세네카 같은 신하를 부러워하지 않아도 될 것이다.

자신에게서 날마다
새로운 것을 찾아내라

  늘 같은 모습을 다른 사람들에게 보여주지 말라. 또한 자신의 힘을 불필요하게 자랑하지도 말라. 목적을 향한 열정 역시 고갈되도록 해서는 안된다. 자신의 전부를 남에게 모조리 보여주는 것만큼 어리석은 일도 없다. 그것은 다른 사람들에게 더 이상의 경탄은 사양하겠다고 선언하는 것이나 다를 바가 없다. 날마다 새로운 것을 찾아내는 사람만이 타인의 기대를 잃지 않는 법이다. 또한 그렇게 하는 것만이 자신이 가진 능력의 한계를 사람들이 발견하지 못하게 할 수 있는 방법이다.

118

육체적 불구보다
정신적 불구를 더 경계한다

어리석고 둔한 사람이라는 소리를 들어서는 안된다. 그런 사람들은 대부분 허황되고 거만한데다 고집스럽고, 동시에 변덕스러운 사람들이다. 또 독선적인데다 극단적이고, 독설가에 역설가이자 이단자들이다. 한마디로 생각이 삐딱한 사람들이다. 게다가 이들은 철면피들이다. 문제는 정신적 불구가 육체적 불구보다 더 좋지 않다는 사실이다. 정신적 불구는 최상의 아름다움마저 알아보지 못하기 때문이다. 게다가 완전히 비뚤어진 철면피들을 어느 누가 돕겠는가?

자신의 장점과 결점을
정확하게 파악한다

자신이 갖고 있는 가장 큰 결점이 무엇인지 알아야 한다. 사람은 누구나 뛰어난 장점이 있으면 이에 못지않은 결점이 있게 마련이다. 이것이 나쁜 방향으로 드러나면 독선으로 발전할 수 있다. 그러므로 차분히 이런 문제를 고민해보아야 한다. 이때 가장 먼저 해야 할 일은 자신의 가장 큰 결점을 파악하는 것이다. 자기 자신의 주인 노릇을 하려면 자신을 철저히 알아야 하기 때문이다. 우선 자신의 결점부터 없애면 원하는 것들은 자연스레 당신을 따를 것이다.

120

환상과 착각을 버리고
꿈과 기대를 품는다

　　먼저 자신을 알고 나면 삶의 목적이 무엇인지도 알
수 있다. 자신을 소중하게 여기지 않는 사람은 없다. 특히 그
럴 이유가 적은 사람일수록 더욱 소중하게 여기는 법이다. 인
간은 누구나 행복한 삶을 원하며, 경우에 따라 자기 자신을 경
이로운 존재로 여기기도 한다. 그러나 이러한 환상은 현실적
으로 깨어질 수밖에 없는데, 그럴 때는 커다란 고통을 받게 마
련이다. 그러므로 그런 착각과 거리를 두고 사는 사람은 현명
한 사람이라고 할 수 있다. 현명한 사람은 늘 최선의 것을 바
라고, 기대를 버리지 않는다. 반면에 최악의 상황도 늘 염두에
두고 있다. 무슨 일이 일어나도 평정을 잃지 않기 위함이다. 화
살이 맞힐 수 있는 범위 내에서, 삶의 목표를 조금 높이 잡는

것이 좋다. 그러나 너무 높게 잡으면 승부욕이 생기지 않는다. 어리석음을 예방하는 최선의 약은 통찰력이다. 자신의 한계를 아는 것은 세상을 살아가는 첫 번째 덕목이다. 그래야 자신의 이상을 현실에 맞게 수정할 수 있다.

4

사람의 마음을
얻는 일

121

가장 잘할 수 있는
일을 찾아 집중한다

자신이 가장 잘할 수 있는 것이 무엇인지 먼저 파악하라. 자신의 가장 뛰어난 재능이 무엇인지 알았다면, 이를 개발하는 데 전력투구해야 한다. 남보다 특출한 재능을 꾸준히 연마하다보면 그 분야의 최고가 될 수 있다. 어떤 사람은 판단력이 뛰어나고, 어떤 사람은 호기심이 강하다. 하지만 대다수의 사람들은 자신의 특출한 재능을 살리지 못하고 사장시켜 평범한 사람으로 머물다 죽어간다.

의심 가는 일은
손대지 않는다

어떤 일을 하려 할 때 의혹이 생기면 시작하지 마라. 불안한 생각을 무시한 채 일을 시작하면 결국 돌이킬 수 없는 실패를 하게 될 것이다. 마음속 깊숙한 곳에서 조심해야 한다는 신호를 보내면 중지하는 것이 좋다. 설령 과거에 성공률이 높았다는 확률에 의거해 지금 그 일을 한다고 해서 꼭 성공한다는 보장은 없다. 처음부터 의심이 드는 사업을 진행할 경우 그 일을 하는 중간중간에 회의할 수밖에 없다. 아주 오래 조사하고 검토했다 하더라도 때로는 좋지 않은 결과를 얻을 수도 있다. 그런데 처음부터 확고한 믿음 없이 하는 일이라면 십중팔구 실패할 수밖에 없다.

123

팽팽한 의견 대립은
선택이 아니라 절충으로 푼다

　　자신의 의견을 타인의 의견과 절충할 줄 알아야 한
다. 의견이란 그 사람의 관심의 표현이다. 따라서 사람마다 각
각 다른 의견을 갖는 것은 나름대로 타당한 이유가 숨어 있게
마련이다. 사람마다 생각이 다르듯, 두 개의 의견이 팽팽히 대
립할 때가 있다. 양쪽 모두 자신의 의견이 옳다는 식으로 날
카롭게 주장을 세울 때는 현명한 사람이 중간에 나서야 한다.
이런 때는 역지사지의 교훈을 되새기며 상대방의 의견을 차분
히 살필 필요가 있다. 입장을 바꾸어 생각해보면 고집으로 주
장을 밀어붙일 수도 없고, 상대방을 비난하는 행동을 할 수도
없어질 것이다. 따라서 자신만이 옳다는 생각이 잘못됐다는
것을 알 것이다.

성공할 가능성이 보이면
계속 밀어붙인다

어떤 일이 일단 성공한 뒤에는 계속 밀어붙여야 한다. 도전정신 없이 달콤한 열매는 거두기 힘들다. 또한 생각만 무성할 뿐 실천에 옮기지 못하는 용두사미 형인 사람들도 많다. 인내와 끈기가 부족해서이다. 벨기에 사람은 끈기가 있는 반면에, 스페인 사람은 성급하다. 일반적으로 어려움에 닥치면 그것을 극복하기 위해 심혈을 기울이던 사람들도 어려움에서 빠져나오면 그것만으로 만족해 일을 마무리짓지 않는 사람도 있다. 이는 능력이 모자라서가 아니라 마무리 단계를 너무 가볍게 본 결과이다.

지원은 적고 기대만
많은 일은 피한다

다양한 분야의 일을 체험하라. 여러 분야를 두루 섭렵하다 보면 다양한 지식을 쌓을 수 있다. 분야마다 서로 다른 특성을 필요로 한다. 용기를 필요로 하는 분야도 있고, 지혜를 필요로 하는 분야도 있다. 공정함을 중요하게 여기는 분야가 융통성을 중요하게 여기는 분야보다 이끌어가기가 쉽다. 그러나 어리석은 사람을 다스리는 것은 매우 어렵다. 또한 시간과 자료가 한정된 가운데 완벽한 제품을 요구하는 회사는 피해야 한다. 몸은 힘들더라도 자유롭고 변화가 있는 동적인 분야가 더 좋다. 변화는 정신을 새롭게 무장시킨다. 지원을 많이 받을 수 있는 분야가 최고의 분야라면, 죽도록 땀을 흘려야 하는 분야는 최악의 분야라고 할 수 있다.

126

중요한 일을
우선적으로 생각한다

　가장 중요한 일을 우선적으로 생각하라. 어리석은 사람들은 생각하는 것 자체를 싫어한다. 그들은 노력을 거의 하지 않으며, 자신에게 닥칠 고난도 예측하지 못한다. 그들은 대수롭지 않은 일은 크게 생각하고, 중요하게 여겨야 할 일은 가볍게 여기는 등 거꾸로 생각할 때가 많다. 사물에 대한 분별력조차 없는 사람들은 자신이 가진 것을 잃을까 전전긍긍할 필요가 없다. 하지만 지혜로운 사람들은 모든 일에 차등을 두어, 중요하다고 생각되는 일일수록 더욱 몰입한다. 자신이 생각했던 것보다 더 많은 것들이 그 일에 있을 거라고 생각하며 파고든다. 그 일에서 그들은 더 많은 것들을 취하게 된다.

127

판단은 신중하게,
실천은 빠르게 한다

어리석은 사람들은 매사에 조급한 것이 특징이다. 이들은 어떤 일이든 생각 없이 달려들어 그르치는 경우가 많고, 지혜로운 사람들은 지나치게 심사숙고하여 적절한 시기를 놓칠 때가 많다. 물론 어떤 일이든 사전 조사를 철저히 하면 실패를 줄일 수가 있다. 그러나 씨를 뿌리지 않으면 좋은 열매를 거둘 수 없듯이 어떤 일도 실행에 옮기지 않으면 아무런 성과를 거둘 수가 없다. 실행했을 때 비로소 행운의 여신도 만날 수 있다는 것을 명심하라.

128

어떤 일에서든
가장 좋은 것을 취한다

모든 일에 최선을 다하라. 꿀벌은 꿀을 얻기 위해 단 것을 찾고, 뱀은 독을 얻기 위해 쓴것을 찾는다. 어떤 일이든 좋은 것을 취하라. 깊은 사색을 통해 씌어진 책은 정신의 가장 큰 자양분이다.

쉬운 일은 어려운 일처럼 하고
어려운 일은 쉬운 일처럼 한다

　　쉬운 일은 어려운 일처럼 하고, 어려운 일은 쉬운 일처럼 하라. 앞의 것은 자부심 때문에 게을러질 수 있는 것을 막기 위해서고, 뒤의 것은 소심증 때문에 용기를 잃지 않기 위해서다. 어떤 일에 대해 막연히 마무리짓지 못할 것이라 생각되면 이미 마쳤다고 여기고 바라보라. 반대일 때도 마찬가지다. 부단히 노력하고 땀을 흘리면 불가능한 일도 해낼 수 있게 된다. 아무리 무거운 책임이라도 두려워하지 않는 게 좋다. 어렵다는 생각에 지레 겁먹고 움츠러든다면 아무 일도 할 수가 없다.

일을 시작하기 전에
휴식부터 취한다

어떤 일을 시작할 때는 먼저 휴식을 취하라. 또한 어떤 일을 하든 가장 중요한 일부터 하라. 싸움을 시작도 하기 전에 승리의 나팔부터 부는 사람들이 있고, 별로 중요하지 않은 일을 배우기 위해 정작 배워야 할 일은 뒤로 미루는 사람들도 있다. 이들은 행운을 얻기 위해 떠날 때 현기증부터 느끼는 사람들이다. 배우는 일과 인생을 사는 데도 기술이 필요하다.

131

일을 할 때는
순서에 맞춰 제때 한다

　　현명한 사람이 가장 나중에 하는 일을 바보는 가장
먼저 한다. 같은 일인데도 사람에 따라 그 순서가 다르다. 좋
지 않은 시기에 일을 시작하는 사람은 바보이며, 제때 시작하
는 사람은 현명한 사람이다. 판단력을 잃으면 일의 순서가 엉
망진창이 된다. 왼쪽에서 해야 할 일을 오른쪽에서 하고, 오른
쪽에서 해야 할 일을 왼쪽에서 하는 것처럼 모든 일을 뒤죽박
죽으로 하여 시기를 놓치고 만다.

132

근면은 어디서나 인정받는
가장 좋은 기술이다

유능한 사람은 대부분 재능과 근면성을 갖추고 있다. 반면에 무능한 사람은 재능도 없을 뿐더러 게으르기까지 하다. 그다지 머리가 뛰어나지 않은 사람도 근면하면 보통 사람보다 뛰어난 능력을 발휘할 수 있고, 유능한 사람을 앞지를 수 있다. 결국은 근면한 사람이 명성을 얻는다. 최고의 자리까지 오른 사람이 궁지에 몰리는 이유는 노력이 부족해서이지 재능이 부족해서가 아니다. 선천적인 재능과 후천적인 노력이 모두 필요한 것도 이 때문이다. 어느 위치에 있든 근면하면 명성을 얻을 수 있다.

133

가능하면 지금 바로
가장 중요한 일을 한다

탁월한 사람을 만드는 세 가지 요소는 뭘까? 갖가지 다양한 재능과 깊은 깨우침, 고상한 취향으로, 이는 신이 내린 가장 좋은 선물이다. 어떤 일이든 면밀하게 파악하는 것이 중요하다. 따라서 바르게 생각하고 올바른 통찰력을 기르는 것만큼 중요한 것도 없다. 마치 살쾡이처럼 눈에서 광채가 쏟아져 어두운 곳에서도 사물을 샅샅이 살피는 사람이 있다. 그리고 당장 가장 중요한 것이 무엇인지를 알고 그 일을 시작하는 사람들이 있다. 그들이 거두는 열매는 튼실하다. 좋은 취향은 삶 전체를 물들이는 향기다.

무대에서 떠날 시간을
스스로 선택하라

어떤 일도 시간을 너무 오래 끌지 말라. 지혜로운 사람이라면 일이 자신을 떠나기 전에 자신이 먼저 일을 떠날 줄 아는 법이다. 생의 마지막 순간에도 승리를 취할 수 있어야 한다. 저 하늘의 태양조차 빛이 강할 때면 구름 뒤로 숨어 자신이 기우는 모습을 사람들이 보지 못하게 하는 법이다. 비범한 사람은 적절한 순간에 모습을 감추어 수치와 모욕을 피할 줄 안다. 미모를 가진 여인은 자신이 늙어가는 모습을 거울을 통해 낱낱이 보지 않는다. 오히려 자신의 모습이 가장 아름답게 거울에 비춰질 때 거울을 깨트리는 법이다.

135

게으름보다 나쁜 것은
쓸데없는 데 힘을 쏟는 일이다

흘러넘치는 욕망을 자제할 줄 알아야 한다. 자제할 줄 아는 자세야말로 사람이 살아가는 데 있어 필요한 처세술의 핵심이다. 하지만 이보다 한 차원 높은 처세술의 핵심은 자제력이다. 살다보면 몹시 중요한 시간들을 허비하도록 만드는 일들이 너무 잦게 일어난다. 쓸모없는 일에 힘을 쏟는 것은 게으르게 지내는 것보다 더 나쁘다. 차분한 사람에겐 다른 사람들이 나쁜 일을 요구하지 못하도록 조심할 줄 아는 지혜가 있다. 다른 모든 사람들과는 잘 어울려 지내면서도 자신하고는 어울리지 못하는 사람이 되어서도 안된다. 과유불급이란 말이 있듯이 무엇이든 지나치면 없느니만 못하다.

다른 사람의 일을 돕는 것도
내 일에 득이 된다

　　다른 사람의 일에 참여하는 것이 종종 자신의 목표를 이루는 지름길이 될 수도 있다. 어쩌면 자신의 목표에 다가갈 수 있는 멋진 용병술이 될 수도 있다. 여러 사람의 뜻을 모아 큰 힘이 필요한 사업을 끌어갈 수 있기 때문이다. 하지만 그런 제스처가 통할 것 같지 않은 사람 앞에서는 그런 생각을 숨기는 게 마땅하다. 자신의 계획이 드러나지 않도록 하기 위해서이다.

I37

일을 도모할 때는
비난에 대처할 방책도 마련해둔다

다른 사람에게서 날아오는 비난의 화살을 다른 방향으로 돌릴 줄도 알아야 한다. 자신을 향해 날아오는 독을 품은 화살을 막을 수 있는 방패를 준비하는 것은 일을 도모하는 자의 기본적인 의무이다. 비방을 일삼는 자들은 조용히 있는 당신을 무능하다고 비웃을 것이다. 하지만 당신의 침묵은 실패를 다른 사람에게 떠넘기려는 고도의 계산 아래서 나온 것이다. 만사가 늘 잘 풀릴 수도 없고, 각양각색의 사람들을 모두 만족시킬 수도 없다. 그러므로 스스로를 지키기 위해서라도 비장의 무기를 준비해둘 필요가 있다.

뜻을 이루기 위해서는
가능한 모든 방법을 동원한다

　　사자로 변장할 수 없다면 여우로 변장하는 것도 괜찮다. 자신의 뜻을 기어코 관철시키는 사람은 절대로 명예를 잃지 않는 법이다. 만일 힘이 부족하다면 머리를 써야 한다. 이때 한 가지 방법만을 고집하지 말고 가능한 모든 방법을 동원하라. 용기의 대로로 나아갈 수 없다면 도둑의 소로로 가야 한다. 그러나 이룰 수 없는 일이라면 아예 포기하는 것이 낫다.

139

참신함이 사라지기 전에
일을 성사시킨다

타인과 차별화되는 참신함을 십분 활용하라. 사람이 참신함을 유지하는 동안에는 평판이 좋은 법이다. 그러나 새로움이란 빛을 발하는 기간이 매우 짧다는 것을 깨달아야 한다. 그러므로 좋은 평판이 유지되는 짧은 기간을 십분 활용하여 찬사가 지상에서 자취를 감추기 전에 당신이 진실로 원하는 기회를 붙잡도록 하라.

큰일을 감당하는 데는
그에 걸맞은 야망이 필요하다

세상의 영웅들에게 첫 번째 필수 조건은 야망이다. 야망은 큰일을 위해 영웅들에게만 박차를 가하기 때문이다. 야망은 어떤 사람에게든 고개를 빳빳이 세우고 분발을 위해 애쓰게 하는 법이다. 힘겨운 시련이 다가올수록 야망의 빛은 더욱 번쩍일 것이다. 또한 아무리 깊은 상처를 가진 숙명이 야망을 위한 노력을 수포로 돌릴지라도 의지력이 강하면 아무 문제가 없다. 야망의 품속에는 대범함과 여유로움, 그리고 영웅적이고 숭고한 것들이 숨쉬고 있기 때문이다.

I4I

사후보다는 사전에 오래,
그리고 깊이 생각한다

오늘은 내일을 준비하는 날 중 하루다. 현재라는 시간을 쪼개어 내일을 준비하는 최상의 선택을 할 수 있는 날이다. 신중하게 행동하는 사람들에게는 그만큼 사고의 위험이 줄어드는 법이다. 목이 늪 속에 완전히 잠길 때까지 생각을 멈추지 말라. 방법을 미리미리 찾아보라. 침대에서 묵상을 하는 것도 매우 좋다. 일을 시작하기 전에 오래, 그리고 깊이 생각하는 것은 일이 잘못된 뒤에야 후회하는 것보다 백배 더 좋다. 정도를 지키면서 길을 가려면 늘 삶 자체를 생각과 함께해야 한다.

142

정말로 뛰어난 사람은
소수의 사람에게만 인정을 받는다

평범함을 뛰어넘는 독창적인 생각을 맘껏 표현하라. 그런 능력이 있는 사람은 탁월한 정신력의 소유자다. 반박할 줄 모르는 사람을 절대 소중히 여기지 말라. 그런 사람은 자기 자신만을 아는 이기적인 사람이기 때문이다. 누군가가 당신을 질타한다면 질타당하는 것을 영광으로 여겨라. 만일 당신이 한 일이 모든 사람의 마음에 든다면, 이는 기뻐할 일이 아니라 오히려 슬퍼해야 할 일이다. 자신의 일이 그리 필요한 일이 못 된다는 말이나 다름없기 때문이다. 정말로 뛰어난 능력의 소유자는 소수의 사람들에게서만 인정을 받는 법이다.

143

득 되는 일은 직접 하고
해 되는 일은 남을 통한다

이익이 되는 일은 직접 나서고 해가 되는 일은 피하라. 그렇게 하면 이익이 되는 일로는 칭송을 듣고 해가 되는 일로 인한 반감을 피할 수 있다. 훌륭한 사람이 좋은 일을 하면 그 기쁨은 더욱 커진다. 하지만 다른 이에게 고통을 주면 자신도 고통을 당하게 된다. 그러니 좋은 것은 베풀고 나쁜 것은 피하는 것이 좋다. 대중의 분노는 하이에나와 같다. 고통의 원인이 무엇인지도 모른 채 꼭두각시에게 분노한다. 꼭두각시는 원인을 제공하지 않았지만 앞에 나선 탓에 분노의 대상이 된다.

변덕스럽다는 말을
들어서는 안된다

변덕스럽다는 말을 들어서는 안된다. 지조 있는 사람이라면 마음을 교란시키는 예감에 평정을 잃지 않는 법이다. 자기 자신을 잘 살핀 다음 지혜를 구하라. 그리고 자신의 단점을 고쳐 매번 새롭게 하루를 시작하라. 변덕을 곧잘 부려 주변 사람들과 불협화음을 내는 사람이 있다. 그런 사람은 취미도 오래 살리지 못하고 변덕스럽게 바뀌곤 한다. 또한 의지마저 곧잘 바닥나는 바람에 결코 이성적인 행동을 하지 못한다. 이런 사람들의 강한 의지력은 금세 방향을 잃게 마련이니 그렇게 되지 않도록 유의하라.

아무리 큰일이라도
능력 밖이라면 사양한다

아무리 큰일일지라도 당신의 능력이 따라주지 않는다면 그 일에 합류하지 말라. 게다가 선임자들을 뛰어넘을 능력이 없다면 사양해야 한다. 그 사람들은 당신이 곱절로 뛰어다녀야 겨우 따라잡을 수 있는 능력의 소유자일지도 모른다. 후임자들이 자신을 존경하게끔 만드는 동시에, 자신을 추월하지 못하도록 주의하는 지혜도 필요한 법이다. 그 틈이 크면 메우기가 어렵다. 또한 지나간 것은 더 좋아 보이는 법이다. 기득권을 갖고 있는 선임자를 상대로 싸워 이긴다는 건 매우 힘든 일이다.

매사에 신중하고
또 신중하라

생각 없이 일을 저지르는 사람을 멀리하라. 쉼 없이 다툼이 따라다니기 때문이다. 그런 이들은 몰염치하게 어느 자리에나 불쑥 나타난다. 바닥까지 떨어져 더 이상 잃을 것이 없기 때문이다. 이들은 차마 할 수 없는 일조차 가리지 않고 하려고 나선다. 이런 사람들과 어울리게 되면 예고된 위험에 공들여 쌓은 자신의 명성이 하루아침에 사라진다. 명성을 얻는 데는 오랜 시간이 걸리지만, 잃는 것은 눈 깜짝할 사이다. 지위와 명예를 얻은 사람은 많은 것을 한꺼번에 잃을 수도 있으므로 처신에 매우 신중해야 한다. 심사숙고하여 일을 시작하고 조심스럽게 발을 떼야 한다. 불행이 닥쳐 모든 걸 잃어버리고 나면 행복이 찾아와도 다시 얻을 수 없다.

147

일이 잘못되었다는 것을 알면 바로 멈추어라

어리석은 짓을 되풀이하지 말라. 이런 사람들은 자신이 하는 일이 잘못되었음에도 멈출 줄을 모르고 그 일을 무슨 의무인 양 여긴다. 이왕 한 걸음 내디뎠으니 길을 계속 가는 것이 결단력 있는 행동이라고 잘못 판단하기 때문이다. 그리하여 그들은 일을 시작할 때는 생각이 부족하다는 비난을 받다가, 일을 계속 진행시키는 동안에는 어리석다는 경멸을 받게된다.

완성되지 않은 일은
가급적 남에게 공개하지 않는다

완성되지 않은 일은 절대 남에게 보여서는 안된다. 마무리되지 않은 일은 형상을 채 갖추지 못해 보는 사람에게 이상한 상상력을 제공하게 마련이다. 완성되지 못한 모습을 미리 보게 되면 그 기억 탓으로 막상 완성된 모습을 보았을 때는 그것을 평가 절하하게 된다. 그 일이 위대할수록 단번에 그 완벽함을 보여줘야 하는 것이다. 일이란 완성되기 전에는 아무것도 아닐 수 있다. 그러므로 거장들은 싹이 돋아나는 단계에 불과한 자신의 작품을 절대 남에게 보이지 않는 법이다. 자연 역시 사람들에게 보일 단계가 아니면 절대로 모습을 드러내지 않는다는 사실을 알아야 한다.

149

즐기는 시간은 길게
노력하는 시간은 짧게 한다

즐기는 시간은 길게, 노력하는 시간은 짧게 하라. 사람들은 대체로 이와 반대로 알고 있다. 늘 분주한 것보다는 차라리 빈둥거리는 게 낫다. 모든 사람이 골고루 가지고 있는 것은 시간뿐이다. 집이 없는 이도 시간 속에서 살아가고 있다. 소중한 시간을 틀에 박힌 일과로 소모하는 것은 불행하다. 성공에 너무 집착하지 마라. 다른 이의 질투를 불러와 몰락할 수 있다.

일을 시작할 때는
순발력 있게 행동한다

재치 있는 사람이 되라. 생각만 하다 일을 망치는 사람도 있고, 생각을 하지 않고도 목표를 이루는 사람이 있다. 또 위기가 닥쳐서야 제 능력을 발휘하는 천재도 있다. 순식간에 일을 해내는 사람의 경우 생각이 길면 아무것도 해내지 못한다. 즉시 떠오르지 않으면 아무리 시간이 흘러가도 찾지 못한다.

여유를 가지고
차근차근 실력을 발휘한다

여유를 잃지 말고 행동하라. 여유는 지위를 안전하게 보장받을 수 있도록 이끌어주는 지름길이다. 자신의 재능과 열정을 단 한 번에 사용하지 말라. 그리고 좋지 않은 결과를 가져올지도 모르는 위험으로부터 빠져나갈 수 있는 비상구를 항상 마련해두도록 한다. 하지만 구원병은 공격수보다 많은 법이다. 그들은 믿음과 강건함을 잃지 않고 일을 해결해 줄 것이다.

일은 빨리 끝내고
즐거움은 오래 누린다

조급해하지 말라. 일을 빨리 끝내고 즐겨라. 인생보다 행운이 먼저 끝나 버리는 게 보통 사람들의 삶이다. 그들은 행운을 누리기보다는 애써 찾아온 행운을 망상으로 망쳐버린다. 그리고 멀리 떠난 행운을 바라보며 아쉬워한다. 떠나버린 행운은 인생을 앞질러가 미래를 갉아먹는 벌레가 된다. 그들은 성급함 때문에 일을 망쳐버린다. 차라리 배우지 않는 것이 나은 것은 배우지 않도록 해야 한다. 기쁨은 적고 지루한 날이 많은 것이 삶이다. 그러므로 일은 빨리 마치고 기쁨은 오래도록 누리는 것이 좋다.

때때로 자신이 하는 일을
돋보이게 하라

때로는 당신이 하는 일을 돋보이게 만들어주는 방법에 대해 생각하라. 사물은 본래 지니고 있는 가치만으로 평가받아서는 안된다. 일반적으로 사물의 핵심에 관심을 보이거나, 내면을 살펴보는 사람은 거의 없다. 오히려 다른 사람의 주장을 생각 없이 쫓는 것이 대중의 심리이다. 그러나 바람직한 삶의 방식은 자신이 하는 일에 대해 자긍심을 갖는 것이다. 칭찬은 사람을 자극하는 좋은 방법이므로 이따금 하는 것도 나쁘지는 않다. 그러나 거만하거나 건방져 보이지 않도록 조심해야 한다. 그렇다고 당신의 일을 가볍고 평범한 것으로 낮추는 어리석음을 절대 범하지 마라. 만일 그렇게 하면 부담이 줄어들기는커녕 오히려 경멸과 조소의 대상이 되어 멸시를 받을 것이다. 사람들은 귀하고 특별한 것을 받들게 마련이다. 희소하고 특별한 것은 취향에 더 큰 매력을 보태기 때문이다.

5

사람의 마음을
얻는
인간관계

154

명성을 얻은 데는
분명한 이유가 있다

　　명성을 얻은 데에는 그럴 만한 이유가 분명 있을 것이다. 비난을 받을 때에도 마찬가지다. 명성의 여신은 항상 중심 인물 편이다. 이 신하는 충신이고 저 신하는 간신이라고 절대로 말하지 않는다. 다만 이 사람은 뛰어난 예술가요, 저 사람은 서투른 예술가였다고 여신은 말할 뿐이다.

부탁은 상대방의 기분이
좋을 때 한다

누군가에게 도움을 요청할 때는 간곡히 하라. 어떤 일을 할 때 어떤 사람은 어렵게 하는 반면 어떤 사람은 쉽게 한다. 거절을 잘 못하는 사람이 있는가 하면, 거절을 밥먹듯이 하는 사람이 있다. 거절을 밥먹듯이 하는 사람에게 불쑥 부탁을 한다면 거절당하기 십상이다. 그런 사람은 기분이 좋아 보일 때 부탁해야 들어줄 확률이 높다. 하지만 누군가 그 사람에게 먼저 거절을 당했다거나 좋지 않은 일이 있을 때에는 잠시 시간을 두고 탐색하는 게 거절당하지 않는 요령이다.

좋은 매너는
좋은 평판을 안겨준다

매력적인 사람이 되라. 예절 바른 사람이 매력적인 사람이다. 매력이 있으면 실제생활에서 많은 사람들로부터 호감을 얻는다. 타인의 호감을 얻지 못하면 성공하기 어렵다. 남보다 높은 위치에 오른 사람은 노력뿐만 아니라 행운도 분명 따른 사람이다. 그런데 이 행운은 매력적인 사람에게 뒤따르는 법이다.

배울 점이 있는
사람과 사귄다

사람을 사귈 때는 배울 점이 있는 사람과 사귀어라. 사람 사이의 우정은 지식의 배움터이자 즐거움이 있는 자리다. 친구를 선생 삼아 지식과 즐거움을 구하도록 하라. 다른 사람에게로 당신을 이끄는 것은 그들의 관심사 때문이다. 신중한 사람은 허영심을 채워주는 화려한 궁전보다 지혜로 가득한 현명한 사람의 집을 자주 방문한다.

명예를 아는 사람과
사귄다

명예를 소중히 여기는 사람과 교제하라. 그들은 자신의 의무를 소홀히 하지 않는다. 그들은 자신들의 명예를 지키기 위해 언행을 조심한다. 심지어 싸움이 벌어졌을 때조차도 그들은 품위 있게 움직인다. 질이 좋지 않은 사람들과는 교제를 삼가는 게 좋다. 언제 적이 될지 모르기 때문이다. 그들은 참된 우정이 뭔지도 모른다. 명예를 중요하게 생각하지 않는 사람은 정직의 미덕도 중요하게 생각하지 않는다. 알고 보면 명예는 정직의 왕관이다.

때로는 빈정대는 것이 효과적일 때도 있다

때때로 빈정대는 것도 필요하다. 그러나 빈정대는 데는 기술이 필요하다. 종종 빈정대며 내뱉는 말투로 상대방의 기분과 감정을 효과적으로 알아볼 수 있다. 물론 질이 좋지 않고 뻔뻔하며, 질투심에 가득 차 빈정대는 사람도 있다. 그러나 일반적으로 열정적으로 일을 추진했으나 성이 차지 않을 때에 빈정댄다. 일상생활에서 미움을 받거나 모략을 당했을 때에는 끄떡도 않던 사람이 빈정거림을 당하면 마음이 상할 수가 있다. 반대로 오히려 빈정거림을 당함으로써 자신의 입지를 확고하게 다지는 경우도 있다. 따라서 누군가를 향해 빈정거릴 때는 그것의 결과까지 예측해야 한다. 그렇지 않으면 자기가 쏜 화살에 스스로 맞을 수가 있다.

160

똑똑한 사람의
지혜를 빌린다

　　도움을 받을 수 있는 사람을 주위에 두라. 권력자들
의 행운 중의 하나가 통찰력이 뛰어난 사람들과 어울리는 것
이다. 자신의 무지를 드러내지 않기 위해 권력자들은 똑똑한
사람들과 적극적으로 사귄다. 똑똑한 사람을 신하로 둔 권력
자는 매우 현명한 사람이다. 자신보다 월등히 뛰어난 사람을
신하로 만들 수 있다면, 이는 인생에 있어 최고의 선물을 받은
셈이다. 지식의 생명은 길지만 인생은 짧다. 무식한 사람은 인
생을 산다고도 할 수 없다. 따라서 무식함을 면하기 위해 많
은 사람들로부터 배우는 것은 지극히 현명한 일이다. 어떤 모
임에 나가 사람들에게 도움이 되는 이야기를 하면 여러 사람
들로부터 환영과 존경을 받을 것이다. 남의 지식을 자기 것으

로 만들어 지혜로운 사람이라는 평판을 얻는 것이다. 따라서 다양한 지식을 섭렵하려면 가장 가까운 사람의 힘을 빌리는 것이 좋다. 그러므로 똑똑한 사람을 아랫사람으로 두지 못할 때는 똑똑한 사람과 교제하는 것도 방법이다.

161

상대방의 마음을 읽는
습관을 기른다

      사람의 마음을 읽는 습관을 길러라. 철학자에게는 철학으로, 성직자에게는 믿음으로 응대할 수 있도록 노력하라. 주변 사람의 마음을 사는 것만큼 대단한 일도 없다. 사람들의 기분을 살펴 배려하는 것은 어떤 방법보다 쉽게 상대의 마음을 살 수 있는 길이다. 남과 어울리는 삶에 익숙한 사람은 이러한 일에 더욱 힘써야 한다. 그러나 다른 사람의 마음을 읽는 것은 매우 섬세함을 필요로 하는 일이다. 물론 풍부한 지식과 다양한 취미를 지닌 사람들은 그다지 어렵지 않게 할 수 있을 것이다.

친화력을 발휘해
차이와 대립을 줄여나간다

사람들과 우호적인 관계를 갖기 위해서는 친화력만큼 좋은 게 없다. 살아온 이력과 취향이 다르고 생각과 마음이 다르다 해도 친화력이 남다르게 뛰어나면 자연스럽게 어울릴 수 있다. 영리한 사람들은 자기보다 나은 사람과 어울리기 위해 친화력을 발휘한다. 그들은 의견을 나눌 때도 상대방의 표정을 살피며 적절히 분위기를 맞춘다. 그들은 날이 선 의견들조차도 어느새 상쇄시켜 보기 좋게 조화를 이룬다. 친구와 아랫사람을 선택할 때 친화력이 있는지 살피도록 하라.

I63

이유 없는 반감은
표시하지 않는다

　쉽게 혐오감을 드러내지 마라. 어떤 사람인지 파악하기도 전에 싫어하는 모습부터 내비치는 어리석은 사람이 있다. 이런 이유 없는 반감은 아주 훌륭한 성품을 지닌 사람에게서도 종종 일어난다. 마음을 지혜롭게 다스려야 한다. 자신보다 나은 사람을 혐오하고 배척하는 것은 자신의 인생에 조금도 도움이 되지 않기 때문이다.

성공하기 전에는 자기보다 나은 사람
성공한 후에는 보통사람과 사귄다

당신을 무시하는 사람과는 상종하지 마라. 당신을 무시하는 사람이 사람들의 중심에 있으면 당신은 주변에 머무를 수밖에 없다. 그럴 때는 당신보다 나은 사람과 다닐 것이 아니라 당신을 돋보이게 하는 사람과 다녀라. 베 짜는 여신 파불라도 시녀들의 옷차림이 자신의 옷차림보다 초라했기 때문에 여러 신들에게 돋보일 수 있었다. 그렇다고 양아치 같은 친구들과 몰려다니며 자신을 위험에 빠트려서는 안된다. 이제 막 성공을 향해 출발한 사람이라면 자기보다 나은 사람들과 사귀고 이미 성공한 사람이라면 보통사람들과 사귀는 것이 좋다.

냉정한 태도는
그만한 대가를 치른다

냉정하게 사람을 대하지 마라. 많은 사람들이 모여 사는 도시일수록 사나운 사람들이 많다. 사실 무뚝뚝한 표정은 보기에도 안좋다. 무뚝뚝하면 사람들의 비위를 건드릴 수 있다. 냉소적이고 비인간적인 성격에다 무뚝뚝하기까지 하면 어느 누구도 쳐다보지 않을 것이다. 성공한 뒤 냉혹함을 드러내는 사람들이 있다. 냉정한 사람은 자신이 원하는 위치에 오를 때까지는 온화한 표정으로 자신을 감추었다가, 성공하면 발톱을 드러내 사람들을 당황시킨다. 더욱이 많은 사람들을 위해 일해야 하는 위치에 있는데도 오만함과 적개심에 차서 어떤 사람에게도 은혜를 베풀지 않는다. 만일 이런 사람이 주위에 있다면 멀리하여 그의 교활함에 대가를 치르도록 해야 한다.

드러낼 것과 감출 것을
가려가며 사귄다

　허물없는 친구를 만날 때에도 예의를 지켜라. 허물없이 사귀다보면 서로 존중해야 할 부분도 무시하고 넘어간다. 이때 자신의 단점을 모조리 공개하면 장점조차 단점처럼 보인다. 별이 신비롭고 찬란함을 유지하는 것은 지구보다 높고 멀리 떨어져 있기 때문이다. 이렇듯 멀리 떨어져 있게 되면 경외감을 갖게 한다. 붙임성이 좋다는 말은 가볍게 보인다는 뜻이기도 하다. 세상 이치가 그렇다. 우리가 숨 쉬는 공기처럼 인간에게 아무리 소중한 것이라 해도 많이 있으면 대접을 받지 못한다. 아무리 훌륭한 것이라 해도 너무 널리 알려지면 제 가치를 인정받지 못한다. 자기보다 높은 사람도 낮은 사람도 믿지 마라. 전자는 위험하고 후자는 초라하다. 지나치게 호의를 베풀면 으레 그러려니 하고 오해를 한다. 한순간에 바닥으로 추락하는 사람의 특징은 자신의 모든 것을 보여주기 때문이다.

타인의 호의는
내 능력에 날개를 달아준다

사랑과 호의를 얻어라. 호의는 호의를 부른다. 자신의 가치를 너무 과신해 다른 사람의 호의를 하찮게 여기는 사람들이 있다. 그러나 경험이 풍부한 사람은 남의 도움 없이 일을 해내는 것이 힘들다는 것을 알고 있다. 모든 일에 윤활유를 쳐서 원활하게 이루어지게 해주는 것이 호의다. 모든 일에 용기, 근면, 학식, 지혜 등이 선행되어야 하는 것은 아니다. 그런 완벽한 성품은 선천적인 것이다. 하지만 호의는 일이 잘못되더라도 지나치거나 감싸준다.

지나친 호의는
인색한 것만 못하다

선한 일도 가끔씩 하라. 타인에게 호의를 베풀 때는 갚지 못할 만큼 지나치게 베푸는 것은 좋지 않다. 지나치게 베푸는 호의는 인색한 것만 못하다. 또한 남이 알아주기를 바라는 마음으로 베풀지도 마라. 자기 분수에 맞지 않게 베푸는 것을 아는 순간, 사람들은 절교를 선언하고 떠나갈 것이다. 주는 것도 지나치면 모든 것을 잃을 수가 있다. 받는 사람들이 부담을 느껴 이를 거절하다가 결국은 적으로 변하기도 한다. 그러므로 남이 원한다 해도 부담이 되지 않는 정도로 주어야 한다.

169

작은 일에는 작은 신뢰를,
큰일에는 큰 신뢰를 보인다

호의를 남용하지 마라. 든든한 후원자는 큰일을 위해 있는 것이다. 작은 일에 큰 신뢰를 보이는 것은 호의를 낭비하는 것이다. 작은 것을 취하기 위해 큰 것을 버리는 것은 어리석은 것이다. 훌륭한 후원자보다 믿음직스러운 것이 없고, 현재의 호의보다 가치 있는 것은 없다. 국민의 응원은 나라를 세우기도 하고 허물어뜨리기도 한다. 그것은 또한 용기를 주기도 하고 빼앗기도 한다. 백만장자가 되는 것보다 권력자의 호의를 사는 것이 더 중요하다.

호의는 먼저 베풀고
대가는 나중에 받는다

먼저 자선을 베풀고 대가는 후에 받으라. 이것이 지혜로운 사람의 삶의 방식이다. 먼저 호의를 베풀면 받는 사람의 고마움은 더욱 커 치적을 쌓는 데 도움이 될 것이다. 그러나 이것도 명예를 중히 여기는 사람들에게만 가능하다. 비열하고 천박한 사람들에게 자선을 베풀면 제약이 될 뿐 삶의 활력은 되지 못한다.

171

예의를 갖춰 인심을 얻는 일은
돈 없이도 가능한 비즈니스다

누구든지 정중하게 대하라. 대다수 사람들은 실제로 하고 싶은 말을 하는 것이 아니라 자신의 지위에 맞게 말을 할 뿐이다. 예의란 돈을 들이지 않고 거저 얻을 수 있는 것이다. 예의의 요체는 바로 말이다. 사람만이 말을 하며 살고 있다. 세상에서 쓸모없는 것은 하나도 없다. 아무리 값어치가 없고 하찮은 물건일지라도 필요할 때가 있듯이 가벼운 칭찬 한마디가 어떤 이에게는 매우 위안이 되는 말이 될 수 있다.

윗사람의 자비심은
아랫사람의 존경심을 부추긴다

    자비심을 가져라. 국가를 이끌어가는 지위에 있는 사람일수록 자비심으로 국민들의 호의를 얻어야 한다. 자비심은 지도자가 가져야 할 가장 중요한 덕목이다. 이를 통해 국민들의 존경심을 이끌어낼 수 있다.

173

친구는 늘리고
적은 줄여간다

경쟁자를 만들지 마라. 누군가를 이기기 위해 꼼수를 쓰면 상대방은 꼼수가 아니라 더 야비한 방법을 쓴다. 전쟁에 나갈 때 정직한 병법으로 임하는 사람은 거의 없다. 경쟁자는 상대의 빈틈이나 약점을 발견하는 즉시 공격한다. 설령 아주 먼 과거의 일이라 해도 파내어 들쑤신다. 경쟁자는 자기한테 유리한 일이라면 온갖 험담과 모략도 서슴지 않는다. 반면 경쟁자가 아닌 관계에 있는 사람들에겐 호의적일 뿐만 아니라 도움과 조언을 주기도 한다.

행복한 사람과 가까이하고
불행한 사람은 멀리한다

불행한 사람을 피하고 행복한 사람은 옆에 두어라. 불행은 전염성이 매우 강한 질병이기 때문이다. 불행은 어리석음에 달라붙는 질병으로, 손톱만큼의 재앙에도 틈을 보여서는 안된다. 아주 조그만 틈만 있어도 불행은 그곳으로 들어와 더 큰 재앙을 불러일으킨다.

존중받으려면
먼저 남을 존중하라

증오심에 휘둘리지도 말고, 거부감의 대상도 되지 말라. 불청객은 부르지 않아도 알아서 찾아와 미움을 받는 법이다. 까닭도 없이 공연히 싫어하는 것이 군중심리인 것이다. 군중이란 원래 선의보다 악의에 쉽게 마음이 뺏긴다. 그들은 지혜로운 사람을 두려워하기 때문이다. 그들은 독설가나 오만한 사람도 싫어한다. 또한 냉소적인 사람도 싫어하고, 괴상한 사람은 거들떠보지도 않는다. 존중받기 위해서는 먼저 남을 존중할 줄 알아야 한다는 것은 만고의 진리이다. 다른 사람으로부터 존중받는 것을 소중한 가치로 여길 줄 아는 자세가 무엇보다 중요하다.

외톨이 현자보다 분별력을 가지고
사람들과 어울리는 게 낫다

현명함을 내세우며 홀로 사는 것보다 여러 사람 속에 섞여 바보로 사는 것이 낫다는 것을 잊지 말라. 만일 사람들이 모두 바보라면 그들 중 아무도 자신을 바보로 생각하지 않을 것이다. 그러나 바보들 천지에서 오직 한 사람만 현명하다면, 그는 바보 취급을 받게 될 것이 틀림없다. 경이로운 지식조차 종종 무지 속에 섞여 있을 때가 있다. 지식으로 무장한 사람도 대다수의 무지한 사람들과 어울려 함께 살아가게끔 되어 있다. 만일 혼자 살려면 신이나 짐승이 되어야 하는 것이다. 사람들 속에서 분별력을 잃지 않고 사는 것이 현자로 혼자서 사는 것보다는 낫다. 아둔함의 옷을 입고 독자적인 창의력을 취하는 사람도 종종 있기 때문이다.

남에게 의존하지 말고
남이 나에게 의존하게 만든다

남에게 의존하려는 생각을 버려라. 우상을 만드는 사람은 우상에 금박을 입히는 것이 아니라, 우상을 숭배하는 사람들이다. 현명한 사람은 다른 사람이 자신에게 감사하다는 인사를 하기 전에 자신을 필요로 하도록 만들 줄 안다. 일반 민중을 희망으로 이끌어주는 것은 권력을 가진 사람만의 기술이다. 그러나 사람들의 작은 찬사에 만족하는 것은 작은 농부 수준이다. 결국 후자는 금세 잊히지만, 전자는 기억에 남는 법이다. 사람들은 다른 사람에게 고마워할 때보다 의지할 때 더 많은 것을 바라기 때문이다. 하지만 타는 목마름이 해결되면 언제 그랬냐는 듯 샘에서 미련 없이 등을 돌리는 법이다. 사과의 단맛을 다 빨아먹고 난 뒤 남겨진 찌꺼기를 버리는 것과 무엇이 다른가. 사람들은 상대방에게 더 이상 의존할 필요가 없을 때 관계를 끝내는 것은 물론 존경심마저 버리는 법이다. 그러므로 희망은 잃지 않되 희망만으로 모든 것을 해결하려 해서는 결코 안 된다. 언제나 다른 사람이 필요로 하는 가치 있는 존재가 되라. 만일 그대의 친구가 월계관을 쓴 사람일지라도 그에게 없어서는 안될 가치 있는 존재가 되어라.

178

누군가를 설득할 때는
그가 소중하게 여기는 것을 공략한다

여러 층의 사람을 설득시킬 수 있는 능력을 키워라. 다른 사람의 생각을 움직이는 것도 능력이다. 사람의 마음을 움직이려면 그들의 특성이나 기질을 알아야 한다. 사람이라면 누구나 마음에 우상을 가지고 있는 법이다. 사람에 따라 명예, 재산, 쾌락 등 중요하게 생각하는 것이 다르다. 따라서 사람을 설득하려면 그 사람의 마음에 들어 있는 우상이 무엇인지 알아낸 다음 설득을 시작하는 것이 가장 효과적인 방법이다. 그 사람의 가치관이 무엇인지 알아내기만 하면 그 사람을 움직일 수 있는 열쇠를 쥐는 것이나 마찬가지다. 상대방의 속마음을 알아낸다는 것은 무엇보다 중요한 일이기 때문이다. 우선 자신의 마음을 열어 상대방의 마음을 열게 한 뒤, 그 사람이 즐기는 취미를 알아내 친근하게 접근하도록 하라. 이런 식으로 하면 일을 그르치지 않고 그 사람을 자기 뜻대로 움직일 수 있다.

남의 것이나 내 것이나 비밀은
비밀로 놔두는 게 좋다

윗사람의 비밀에 결코 관여해서는 안된다. 보고 싶지 않은 자신의 진면목을 비쳐주는 거울을 산산조각 내는 사람들이 많다. 더욱이 자신의 모든 것을 속속들이 알고 있는 사람을 반갑게 맞이하는 사람은 없는 법이다. 또한 자신을 반기지 않는 사람을 반기는 사람도 없다. 그가 누구든, 특히 힘이 센 사람이라면 결코 그의 비밀을 캐내려는 쓸데없는 모험을 하지 말라. 이 세상에서 가장 멀리해야 할 것이 있다면 그것은 우정으로 포장된 신뢰이다. 다른 사람에게 비밀을 털어놓은 사람은 자기 자신을 그의 하수인으로 전락시키는 결과를 초래하게 마련이다. 그러므로 다른 사람의 비밀을 듣지도 말고 자신의 비밀을 말하지도 말라.

180

자기만 아는 것은 위험하고
남만 위하는 것은 어리석다

자신만 아는 것도 문제지만 타인에게 모든 걸 바치는 것도 좋지 않은 일이다. 두 가지가 모두 압제자의 모습을 닮았기 때문이다. 자신만 아는 이기적인 사람은 모든 것을 독차지하려는 경향이 있다. 이런 사람들은 아주 작은 일조차도 양보하지 않을 뿐더러, 손톱만한 희생정신도 없는 법이다. 주변 사람들이 당신을 따르기를 원한다면, 당신 역시 주변 사람의 의견에 굽힐 줄 알아야 한다. 국민의 녹을 먹는 사람이라면 국민의 종이 되어야 한다.

이와는 반대로, 남의 의견만을 전적으로 따르는 사람이 있다. 이런 태도 역시 어리석음이 넘쳐흐른다. 이들은 자신을 생각하는 시간은 전혀 갖지 않고 다른 사람들을 생각하는 탓에 모든 사람들의 종이라는 소리를 곧잘 듣는다. 이것이 지나치면 결국 과유불급의 꼴이 되고 만다. 현명한 사람이라면 누군가가 자신을 찾을 때면, 그 사람이 자신을 찾는 게 아니라 어떠한 이익을 찾는 것임을 눈치채야 한다.

181

적개심을 품은 사람과는
맞서지 않는다

적개심을 품은 사람과 맞서지 말라. 그보다는 상대
방의 적개심이 어디에서 비롯된 것인지를 알아보는 게 우선이
다. 그런 다음 그것이 계략적인 것이든 야비한 것이든 간에 말
려들지 않도록 조심을 하라. 밀정을 대하는 가장 좋은 태도는
경계하는 것이다.

이중적인 태도를 지닌 사람을
조심하라

사람들 사이를 오가는 중개자를 조심하라. 그들은 상대방의 뜻을 간파하여 자신에게 이로운 쪽으로 해석할 가능성이 있기 때문이다. 그들의 꾐에 넘어가면 그들의 뜻대로 움직일 수밖에 없다. 그들은 자신들의 목적을 이루기 위해 진실을 감추므로 그들의 수법이 성공하지 못하도록 막아야 한다. 이중적인 태도를 지닌 사람을 주의하라. 그들은 달콤한 말을 내뱉으며 자신의 이득을 취한다. 그들에게 당하지 않기 위해서는 양보할 수 있는 것과 양보할 수 없는 것을 미리 파악해 놓아야 한다. 그런 다음 넌지시 그들의 의도를 파악하고 있음을 알리는 것도 좋은 방법이다.

183

타협을 모르는 고집쟁이와는
상종하지 않는다

고집을 부리지 말라. 그리고 다른 사람들에게 통찰력 있게 보이도록 하라. 고집이란 사실상 정신의 군살에 지나지 않으며, 사물을 옳은 길로 이끌지 못하는 정열의 부차적 산물에 지나지 않는다. 그럼에도 매사에 분란을 일으키는 사람들이 있다. 그들은 원만한 교제를 방해하는 싸움꾼들로, 하는일마다 이기기를 원할 뿐, 우호적인 교제란 안중에도 없는 사람들이다. 그들의 방해가 도를 넘으면 결과는 파멸밖에 없다. 그들은 떼를 지어 몰려 다니며 착하고 어진 사람들을 파멸시킨다. 그러나 대중들에게 그들의 정체가 드러나면 외면을 받을 것이다. 그들의 머리는 비스듬하게 경사를 이루고 있고, 그마음은 악으로 가득 차 있다. 이런 부류의 우두머리는 피하는게 상책이다.

184

남의 불행에 값싼 동정심을
적선하지 않는다

　　불행한 이의 운명을 동정심에서 나누어 갖지 마라.
누군가의 불행이 다른 사람의 행복일 때가 있다. 불행한 사람
은 다른 이의 연민을 통해 자기에게 찾아온 시련을 쉽게 보상
받으려는 경향이 있다. 행복을 누리고 있을 때에는 다른 사람
들의 질시를 받다가도 불행해지면 금세 동정을 받는 것을 종
종 볼 수 있다. 특출한 사람을 질시하다가도 그가 추락한 후에
는 금세 연민의 감정을 갖는 것이다. 따라서 운명은 자주 뒤바
뀔 수 있다고 생각하는 것이 현명하다. 늘 불행한 이들과 어울
리는 사람이 있다. 행복할 때 멀리하던 이를 불행해지자마자
가까이하는 사람이 있다. 이는 지혜로운 행동을 하는 사람이
아니다.

185

소인배와는 적당히 거리를 두어 예의를 지킨다

거만하거나, 고집이 세거나, 오만하거나, 어리석은 사람을 대할 때는 반듯한 예의를 갖출 필요가 있다. 사람은 다른 사람들과 부대끼며 살아가게 마련이다. 그러나 위의 부정적인 요인을 가진 사람들과는 거리를 두는 것이 안전을 위해 좋다. 또 그들이 뭔가 음모를 꾸미는 걸 알아채더라도 모르는 척 시치미를 떼는 것도 안전을 보장받는 길이다. 요컨대 만사를 예의로 대하라. 그리하면 그 사람들이 꾸민 무성한 소문의 숲에서 벗어날 수 있을 것이다.

위험과 불행을 함께 나눌 만한
친구를 구한다

　불행을 함께 나눌 사람을 구하라. 그리하면 당신이 위험에 빠지거나 주변인의 증오에 시달릴 때 혼자서 불운을 감당하는 일은 없을 것이다. 혼자서 영예를 독차지하려다가 크나큰 불명예를 떠안게 되는 사람이 있다. 하지만 운명도, 대중도 당신과 함께 불행을 나눌 벗을 동시에 공격하기란 쉽지 않다. 그런 이유로 현명한 의사는 환자의 치료에 실패할지라도 그 환자의 시체가 담긴 관을 함께 들어줄 사람을 찾는 법이다.

187

다른 사람의 불행에
함부로 개입하지 않는다

다른 이의 불행에 함부로 끼어들지 말라. 고통의 구덩이에 빠져 구원을 요청하는 사람을 경계하라. 자신의 불행을 함께 나누고 위로해 주기를 원하는 사람을 조심해야 한다. 다른 이의 불행에는 등을 돌리다가 자신이 불행을 당하면 도와달라고 손을 내미는 사람이 많다. 고통의 구덩이에 함께 빠져들지 않고, 그들을 돕기 위해서는 큰 주의가 필요하다.

188

스타일에 변화를 주어
경쟁자를 혼란스럽게 만든다

때로는 자신의 스타일에 변화를 줄 줄 알아야 한다. 다른 사람들, 특히 적의 눈을 혼란스럽게 만들려면 반드시 스타일에 변화를 주어야 한다. 하늘에서 언제나 같은 방향으로 날고 있는 새를 향해 활을 쏘기는 쉽지만, 방향을 자주 바꾸는 새를 쏘아 맞히기는 어렵다. 마찬가지로 게임을 할 때 상대방이 점찍은 패를 내놓는다면 능수능란한 도박꾼은 못된다.

189

타인에게 은혜를 베풀 때는 예절도 함께 베푼다

남에게 선물을 할 때는 최대한 성의 있게 해야 한다. 그렇게 하면 다른 사람들에게 찬사를 듣는 법이다. 주변 사람들에게 자주 마음의 정을 표하다보면 상대방은 감사의 의무를 갖게 마련이다. 인품이 고매할수록 사람들에게 더 큰 호감을 받는 법이다. 일반 대중은 상대방이 정중한 태도로 선물을 받는 것을 가장 가치 있는 일로 여긴다. 선물을 받음으로써 두 가지를 동시에 얻기 때문이다. 그중 하나는 물건이고, 또 다른 하나는 예의범절이다. 하지만 비천한 사고를 지닌 사람에게 고상한 미덕이란 돼지에게 걸어준 진주 목걸이에 지나지 않는다. 미덕이 지닌 예절의 언어를 들을 수 있는 귀가 없기 때문이다.

됄 수 있는 한
남에게 신세를 지지 않는다

살아가는 동안 다른 사람에게 신세를 지지 말라. 신세를 지면 그 사람의 노예가 되기 쉽다. 또 결국에 가서는 모든 사람의 종으로 전락할 수도 있는 법이다. 다른 사람이 안겨준 선물 상자보다 어디든 갈 수 있는 자유가 훨씬 가치가 있기 때문이다. 따라서 이런 사실을 소중하게 생각할 줄 알아야 한다. 누구에게도 기대지 말고, 누구에게도 의지하지 말고, 혼자 살아갈 수 있도록 노력하라. 누군가가 당신에게 친절을 베풀었다고 해서 덮어놓고 호의로 받아들이지 말라. 친절로 포장한 물건 속에 술책이 있을 수 있기 때문이다.

191

기대할 것이 없는 사람에게는 기대하지 않는다

자주 접하는 사람의 마음을 항상 주시하라. 그렇게 하면 그 사람의 생각을 읽을 수 있을 것이다. 마음을 정확히 읽으면 행동을 미리 그릴 수 있다. 성격이 우울한 사람은 어두운 사건을, 심성이 나쁜 사람은 범죄를 미리 읽어내는 데 뛰어난 법이다. 그들은 최악의 사건을 유추해 내는 데는 뛰어나지만, 반대로 좋은 일을 예감하고 받아들이는 것은 둔하게 마련이다. 열정에 취해 있는 자는 사물의 본질과는 거리가 먼, 이해할 수 없는 말만 지껄이는 법이다. 본능에 충실한 사람들은 비이성적인 말을 자주 한다. 언제나 웃는 사람은 어리석어 보이지만, 웃음이 전혀 없는 사람은 이중인격자가 많다. 늘 이것저것 묻는 사람도 경계해야 한다. 염탐꾼일지도 모르기 때문이다. 처음부터 기대할 것이 없는 사람에게는 아예 기대를 않는 게 현명하다. 이런 사람은 아무것도 아닌 일에 앙심을 품고 있을지도 모른다. 그래서 다른 사람이 인사를 해와도 그 인사를 다른 사람에게 돌려주는 법도 없다.

호의를 베풀어
마음을 얻는다

친구를 사귀어라. 이는 삶을 두 번 사는 것과 같다. 어떤 친구라도 조금의 도움은 받을 수 있다. 친구의 협력을 얻는다면 모든 일이 순조로워진다. 친구는 소중한 존재다. 주변 사람들이 당신과 친구가 되기를 원하도록 그들의 마음을 얻으라. 마음을 얻는 데 호의를 베푸는 것보다 좋은 방법은 없다. 친구를 얻으려면 먼저 상대방의 친구가 되어 주어야 한다. 친구가 없으면 적들에게 둘러싸여 살아야 하는 것이 삶이다. 항상 호의적인 친구를 얻기 위해 노력하라.

친구는 오래 사귀는 것이
새롭게 사귀는 것보다 낫다

좋은 친구를 잘 사귀기 위해서는 균형감각을 갖춰야한다. 멀리 있어 좋은 사람이 있고, 가까이 있어 좋은 사람이 있다. 말 상대로는 좋지 않아도 편지 상대로는 알맞은 사람이 있다. 가까이 있으면 참기 어려운 서로의 과실도 멀리 있으면 덮어줄 수 있기 때문이다. 친구와는 즐거움도 나눠야 하지만 활용할 줄도 알아야 한다. 우정은 우애, 관용, 진실의 세 가지 속성을 지닌다. 많은 친구를 가질 수는 있지만 참된 친구는 적다. 스스로 선택할 줄 모르면 그 수는 더욱 적어진다. 친구를 오래 사귀는 것이 새롭게 사귀는 것보다 중요하다. 새로운 친구라 할지라도 오래 가는 친구가 될 수 있을 거라는 희망을 가져라. 기쁨은 함께하고 슬픔은 서로 나누는 것이 참된 우정이다.

194

친구는 오래 지내보고
선택한다

친구는 선택해서 사귀어야 한다. 오랜 시간을 함께 한 후에 선택하는 것이 좋다. 단지 끌리는 감정에 의해서가 아니라 오랜 관찰을 거쳐 신중히 선택해야 한다. 일반적으로 우정은 우연히 형성되는 경우가 많다. 친구를 보면 그 사람을 알 수 있다. 하지만 호감이 가더라도 막역한 친구가 되는 것은 쉽지 않다. 그것은 친구와의 관계가 신뢰에서 이루어지는 것이 아니라 단지 함께 즐기며 느끼는 감정 때문일 수 있기 때문이다. 참된 우정과 그렇지 않은 우정이 있다. 참된 친구는 선한 생각과 행동으로 맺어지고, 그렇지 못한 친구는 단순한 즐거움을 통해서 얻어진다. 한 명의 친구가 지닌 통찰력이 많은 사람들의 선의를 능가할 수 있다. 그러므로 우연의 만남으로 친구를 사귀지 말고 선택하여 사귀어라. 지혜로운 이는 불미스런 일을 피해 가지만 우매한 친구는 그것을 데리고 온다.

195

친구의 충고는
마음을 열고 받아들인다

다가서기 어려운 사람이 되지 말라. 다른 이들과 어울리지 못하는 사람은 어리석다. 뛰어난 능력을 갖춘 사람일지라도 타인의 충고를 받아들일 겸손함이 필요하다. 최고의 권력자일수록 겸허함이 필요하다. 자신의 주변에 출입금지 팻말을 붙이는 사람들은, 붙들어줄 사람이 하나도 없는 처지로 몰리게 된다. 뛰어난 능력을 지닌 사람도 마음을 열고 우정만큼은 받아들여야 한다. 친구에게는 자신을 책망할 수 있는 권한을 주라. 그러나 아무에게나 믿음을 주어서는 안된다. 자신을 책망해 재앙에 들어서는 것을 막아주는 사람에게 고마움과 소중함을 느끼게 해야 한다.

사소한 대화라도
함부로 말하지 않는다

사람과의 교류를 소홀하게 하지 말라. 흔히 쉽게 깨
어지는 사귐이나 우정은 반감과 거짓으로 일관되기 때문이다.
그런 이들은 농담도 진담도 있는 그대로 받아들이지 못한다.
사소한 일로 뒤틀려 틀어지는 경우가 많다. 대화를 하려면 늘
그들의 기분을 살펴야 한다. 쉽게 마음에 상처 받는 이들은 기
분의 노예가 되어 다른 것은 돌아보지 않는다.

197

절교는 수고로운 선언이 아닌
자연스런 시간의 작용에 맡긴다

절교를 선언하지 말라. 절교는 명예에 큰 상처를 줄 수 있다. 멀어진 친구는 최악의 적이 될 수 있다. 상대의 과실은 떠벌리고 자신의 과실은 숨기려 드는 것이 사람의 속성이기 때문이다. 누구든 자기의 시각으로 사물을 보고 자신의 생각으로 말하게 마련이다. 다른 이들의 비난을 받는 사람은 생각이 깊지 못하거나 인내심이 부족하기 때문이다. 때가 되면 자연스럽게 멀어지도록 내버려두라. 서로가 상처를 입는 것보다 낫다.

친구 사이에도
감출 것은 감춘다

상대가 자신의 소유가 아니듯 자신 역시 상대의 소유
가 될 수 없다. 어떤 사이라도 서로를 완전히 소유할 수는 없
다. 완전히 믿는 것과 호감을 갖는 것은 전혀 다르다. 아무리
가까운 사이여도 감출 것이 있다. 그렇다고 우정에 금이 가게
해서는 안된다. 친구 사이에도 비밀이 있고, 부모 자식 사이에
도 말할 수 없는 일이 있다. 남이 알아도 괜찮은 일이 있는가
하면 숨겨야 하는 일도 있는 것이다. 같은 일이라도 대하는 사
람에 따라서 말할 사람과 감출 사람을 구별해야 한다.

6

사람의 마음을
얻는 지혜

기회는 사람들이
아쉬워하는 곳에서 생겨난다

다른 사람들의 부족한 점을 적절히 이용하라. 이는 사람들의 잠자던 욕구를 불러일으키는 데 매우 효율적이다. 철학자들은 욕망을 천박하다고 말하지만, 정치가들은 욕망을 중요하게 다룬다. 대다수 사람들은 다른 사람들의 욕망 속에서 자신의 목적을 성취하려 한다. 그들은 기회가 있을 때마다 어떤 일이 달성되기 어렵다는 점을 강조하여 사람들의 공감대를 형성한다. 그들은 사람들이 소유했을 때보다 갈망할 때의 열정이 더 큰 것에 착안해 이에 대한 기대를 버리지 않는다. 저항의 벽이 높으면 높을수록 소망도 더욱 열정적으로 변한다. 자신의 목표를 이루기 위해 다른 사람들을 자신에게 기대도록 하는 것은 참으로 슬기로운 일이다.

때로는 자리를 옮기는 것도
성공의 한 방편이다

기회가 되면 이직을 하는 것도 필요하다. 삶의 질을 높이기 위해 이주를 택하는 민족도 있다. 재능이 많은 사람에게 조국은 계모와 같다. 탁월한 재능이 뿌리내린 대지에는 질시의 그림자가 가득하기 때문이다. 더욱이 사람들은 만개한 재능의 위대함보다는 그것이 새싹이었을 때의 불완전한 면을 기억하기를 더 좋아한다. 한편 눈에 익지 않은 것은 먼 외지에서 왔거나 완성품인 상태에서 처음 보게 되기 때문에 존경심을 불러일으킨다. 한때는 경멸의 대상이었지만 나중에는 모국에서도 타국에서도 존경받는 사람들이 있다. 정원에서 늘 보아왔던 눈에 익은 동상을 제단 위에 모셔둘 만큼 훌륭하게 여기는 사람은 많지 않다.

201

닮고 싶은 대상이 있다면
존경부터 한다

닮고 싶은 대상이 있다면 먼저 그 인물을 존경하라. 영웅들의 삶에 매료되는 것은 영웅들의 삶을 닮으려는 마음이 있기 때문이다.

승리의 기쁨을 누리되
오래 즐기는 것은 해롭다

승리했을 때 행운으로부터 물러나라. 이것이 최고의 도박사들이 명성을 유지하는 비결이다. 때를 아는 퇴각은 용기 백배한 공격만큼 값어치가 있다. 승리가 정점에 이르렀을 때 이를 위험으로부터 안전하게 지키는 방법을 찾아야 한다. 지속성이 오래가는 행운에 대해선 의심의 눈초리를 보내야 한다. 행운이 크면 클수록 그것을 누리는 기간은 짧다. 행운을 절제할 때 비로소 달콤한 맛을 즐길 수 있다.

203

경쟁자를 이기는
최선의 방법은 포용이다

경쟁자를 이기는 최선의 방법은 경쟁자를 적대시하는 것보다 포용하는 것이다. 자신에 대해 안 좋은 말을 하는 사람을 포용할 줄 알아야 한다. 그러면 다른 사람들에게 기립 박수를 받을 수 있다. 적을 제압하는 영웅적인 복수는 바로 능력과 아량을 겸비하는 것이다. 새로이 찾아온 행운은 악의적인 경쟁자에게는 숨통을 죄는 올가미다. 또한 자신의 명성에 광채가 날수록 경쟁자에게는 유황불의 지옥에 떨어진 듯한 혹독한 형벌을 준다. 행운에도 독이 있다. 행운에서 나오는 독은 맹독이다. 그래서 질투심이 강한 사람은 한 번 죽는 것이 아니라 경쟁자에게 행운이 찾아오거나 박수 소리가 울려 퍼질 때마다 사경을 헤맨다.

204

비열함은 곧잘 승리를 안기지만
항상 명성을 앗아간다

　최고의 경쟁자가 되라. 누군가의 적수가 되더라도 값이 나가는 적수여야지 싸구려로 취급받는 적수가 되어서는 안된다. 뭐든 남의 방식을 따르지 말고 자신의 방식대로 하라. 적과 다툴 때 포용력이 있는 사람이 박수를 받는다. 힘만 믿고 무턱대고 전투를 벌일 것이 아니라 병법을 익혀 승자가 되기 위한 전투를 하라. 비열한 간계로 얻은 승리는 패배보다 못하다. 이는 착실한 사람이 비수를 쓰는 것과 같고, 아울러 우정에 증오를 채우는 것과 같다. 비열함을 낮설게 여겨라. 설령 관용과 믿음을 잃었더라도 언젠가는 그것을 다시 찾을 수 있다는 희망만은 잃지 말기 바란다.

205

결과가 성공적이면
과정상의 실패는 얼마든지 미화된다

행복의 끝을 주의해서 지켜보라. 사람들은 어떤 곳을 여행할 때 즐기기보다는 규율로 무장하고 간다. 대중에게는 실패했을 때의 치욕이 성공했을 때의 노력에 대한 보상보다 더 크게 작용한다. 그러나 승자는 변명할 필요가 없다. 끝이 좋으면 그 과정이 아무리 좋지 않다 하더라도 미화되게 마련이다. 행복에 도달하기 위해서는 어떠한 수단을 사용하든지 다다르기만 하면 그것이 법칙이 되기 때문이다.

영웅을 이상형으로
삼아 경쟁한다

영웅적인 사람을 당신의 이상형으로 삼으라. 닮기 위
해서가 아니라 경쟁자로 삼기 위함이다. 숭고한 이상은 명예
를 돋보이게 만들어주는 살아 있는 양서나 다름없다. 사람은
누구나 자신이 몸 담고 있는 분야에서 가장 뛰어난 재능을 보
인 사람을 이상형으로 삼게 되어 있다. 알렉산더 대왕은 땅속
에 누워 있는 영웅 아킬레스를 위해서가 아니라 아직 자신이
세상에 이름을 떨치지 못했기 때문에 슬피 울었다. 다른 사람
의 승리를 위해 울리는 팡파르는 자신의 마음속에 숨어 있는
명예욕을 건드리는 법이다. 자신 속에 숨어 있는 시기심과 질
투심이 사라진 뒤에야 비로소 고결한 성품이 자극을 받아 움
직인다.

207

자신감으로 경쟁자를 낮추고
자신을 높인다

　대담한 기질은 매사에 도움이 된다. 타인을 당신보다 조금 낮춰 생각하는 것도 살아가는 데 도움이 된다. 타인을 두려워하지 않기 위함이다. 당신의 마음속에 상대를 너무 위에 놓아두지 말라. 사람은 대체로 가까이서 파악할 수 있기 전에는 실제보다 더 커 보이는 법이다. 그러나 현실적으로 겪어보면 알기 전보다 평가가 높아지는 경우는 결코 없다. 현실적으로 접촉한 후의 평가는 오히려 낮아지는 경우가 예상 외로 많다. 그 이유는 환상이 깨어지기 때문이다. 결국 자신이 갖고 있는 한계를 뛰어넘는 사람은 매우 드물다. 사람이라면 누구나 남에게 보여주기 싫은 결점을 하나씩은 가지고 있는 법이다. 사회적 지위에 맞는 고매한 인품이 자연스럽게 몸에 밴 사람은 매우 드물다. 하지만 우리는 상상을 통해 늘 인간을 실제보다 더 크고 보기 좋게 그려놓는다. 상상이 앞서는 탓에 모든 일을 가능한 한계에서 벗어나 가능하지 않은 선까지 그려내기 때문이다. 많은 경험 끝에 인간에 대한 환상에서 벗어나게 되면, 사람들의 미덕이나 어리석음을 담담하게 받아들일 것이다. 자신감은 때로는 어리석음에 도움이 되는 법이다. 하물며 가치 있는 것에는 얼마나 큰 도움이 되겠는가?

208

통찰력과 의지력을
동시에 갖추라

　　통찰력과 정직성을 겸비하라. 만사가 뜻한 대로 되고 안 되고의 여부는 이 두 가지 요소를 함께 갖춰야 가능하다. 제아무리 뛰어난 통찰력이 있어도 그것과 결합되는 의지력이 없으면 결과는 언제나 실패로 끝나게 마련이다. 의지력이 없는 계획은 완전성을 파괴하는 독소에 지나지 않는다. 지식이 나약한 의지력과 결합되면 부지불식간에 파멸로 향하는 법이다. 통찰력이 뒷받침되지 않는 지식은 무지한 것보다 몇 배나 더 나쁘다.

위기의 순간 나를 도와줄
가장 든든한 우군은 용기다

　언제라도 일어설 수 있는 사람이 되어라. 사람이 오도 가도 못하는 위기에 처했을 때는 강하고 튼튼한 심장보다 더 좋은 벗은 없다. 하지만 심장이 약해지면 주변에 있는 다른 장기들이 심장을 도와줘야 한다. 늘 선한 마음을 유지하면 그만큼 자신에게 찾아오는 어려움은 줄어든다. 자신을 겨누는 운명을 향해 스스로 활시위를 당기는 우를 범해서는 안된다. 그렇게 하면 당신을 겨눈 운명은 더욱 가혹한 시련을 안겨줄 것이다. 대부분의 민중은 어려움이 닥쳤을 때 자기 자신을 잘 돌보지 않는 법이다. 당신에게 다가온 고난을 견뎌내지 못하면 역경은 두 배로 강해질 것이다.

210

어떻게 하느냐에 따라서
위기는 기회가 되기도 한다

물에 빠져 죽을 위기에 처한 사람은 살아나기 위해 필사적인 노력을 한다. 이처럼 궁지에 몰린 나머지 초인적인 힘을 발휘한 결과 자신의 분야에서 최고의 위치에 오른 사람들이 많다. 위기는 보통 사람들에게 이름을 날릴 수 있는 최고의 기회가 될 수가 있다. 그러므로 명예를 얻으려고 도전하는 사람이라면, 용기를 필수적으로 갖고 있어야 한다. 알고 보면 이사벨라 여왕도 이런 사실을 간파하고 있었기에 수많은 영웅들을 길러낼 수 있었다.

명성을 얻는
지름길은 근면이다

자신의 자리는 스스로의 능력으로 마련하라. 업적을 쌓는 참된 방법을 통해 명성을 얻도록 하라. 오직 근면만이 이를 가능하게 한다는 사실을 잊지 말라. 근면은 명성을 얻는 가장 빠른 지름길이다.

212

동시대의 탁월한
지도자에게 배운다

동시대의 지도자들에게서 배워라. 그들은 그 수가 아주 제한적이다. 그 시대의 불사신, 용감한 장군, 뛰어난 웅변가, 현자 그리고 국정 운용 능력이 뛰어난 정치가들이 여기에 속한다. 평범한 사람들은 어디에서나 볼 수 있다. 그러나 탁월하고 뛰어난 존재는 그 수가 매우 제한적일 수밖에 없다. 그 가치가 높으면 높을수록 정상에 도달하기가 어렵기 때문이다.

오만함은
성공의 빛을 가린다

고결한 마음, 위대한 정신, 대범한 포용력을 갖추게 되면 인격은 더욱 빛을 발하게 된다. 고결한 심성을 갖기란 쉽지 않다. 위대한 정신이 먼저 전제되어야 하기 때문이다. 경쟁자를 인정하고 경쟁자의 실수에도 관용을 베푸는 것이야말로 아름다운 정신이다. 이것이 국제 외교의 꽃이다. 승리감에 취해 오만해지지 마라. 큰 성취를 이루어도 고결한 마음을 지닌 사람은 이를 드러내지 않는다.

214

자신의 분야에서
최고를 지향한다

어떤 분야에서든 최고 중의 최고가 되어라. 당신이 몸 담고 있는 일터에서 능력을 발휘하지 못한다면 결코 위대한 사람이 될 수 없다. 세상 어디에도 평범한 사람을 높이 평가하는 곳은 없기 때문이다. 높은 지위에 있으면서 일처리까지 잘한다면 최고라는 찬사를 들을 수 있다. 하지만 보통 사람을 뛰어넘는 소수의 사람들만이 이 영광을 차지할 수 있다. 사람들이 하찮게 생각하는 직업에 종사하면서 능력이 있다는 소리를 듣는다면, 그 안에서는 최고가 될 수 있음을 의미한다. 그러나 아무리 발버둥쳐도 좋은 평가를 얻지 못한다면 그 사람의 한계라고 생각해야 한다. 그럴 경우 부담이 없는 점은 좋지만, 명예를 얻을 수는 없을 것이다. 최고라는 평가를 얻은 사람들 사이에서 최고가 되는 것은 왕위를 부여받는 것과도 같다. 아울러 모든 사람의 경탄의 대상으로 떠오르면서 그 마음을 차지하는 것이다.

행복할 때
불행에 대비한다

　　행복할 때 불행에 대비하라. 행복할 때는 도처에서 사람들이 모여든다. 세상도 사람도 친절하다. 이때 불행할 때를 대비하는 것이 좋다. 불행할 때 곁을 지켜줄 친구를 행복할 때 만들어라. 불행할 때는 언제나 곁을 지켜줄 것 같은 친구도 떠나므로 행복할 때 은혜를 베풀어 친구를 만드는 것이 좋다. 당장은 손해 보는 것 같아 보여도 언젠가는 이익으로 돌아온다. 행복할 때 진정한 친구를 만들지 못하면 불행할 때 외롭게 지낼 수밖에 없다. 행복할 때 친구를 소중히 여겨야 불행할 때 친구가 당신 곁을 지켜준다.

행복을 찾아 전진하고
불행을 피해 몸을 낮춘다

자신이 행복하다는 것을 알아라. 지금 얼마나 행복한
지 아는 것이 자신의 기질을 아는 것보다 중요하다. 행복과 불
행의 강약을 조절할 수 있는 것은 커다란 기술이다. 인내하며
기다리는 것도 기술이다. 행복의 걸음걸이는 불규칙하므로 균
형을 맞추기 위해서는 곧장 전진하는 방법밖에 없다. 행복은
모험을 두려워하지 않는 용감한 사람들에게 더 큰 손짓을 한
다. 아울러 행복은 미모의 여인들처럼 젊은이를 사랑한다. 그
러나 불행의 시기가 찾아오면 몸을 납작 엎드려야 한다. 불행
은 몰려다니므로 두 번째 불행이 찾아오는 것을 막기 위해서
는 가만히 있는 것이 상책이다.

217

행복해지려고 노력해야
행복해진다

행복에는 규칙이 있다. 노력 없는 행복은 모래성과 같다. 행복의 문이 자기 앞에서 저절로 열리기를 기다리는 사람이 있는가 하면, 갖은 노력으로 앞으로 전진하는 대담한 용기와 지혜를 보여주는 사람도 있다. 결국 후자는 용기와 지혜의 날개를 달고 행복의 여신에게로 날아가 그녀의 은총을 얻는다. 그러나 행복의 여신에게로 이르는 길은 덕을 베풀고 조심성 있게 살피는 것 외엔 다른 방법이 없다. 모든 사람은 지혜로운 만큼 행복하고, 지혜롭지 못한 만큼 불행하다.

잊어야 할 것은
빨리 잊어버린다

　잊기 위해 노력하라. 행복해지기 위해서는 잊을 줄도 알아야 한다. 사람들은 가장 빨리 잊어야 할 일을 가장 오랫동안 기억한다. 기억이란 가장 필요로 할 때 야멸차게 떠나며, 정말 원치 않을 때 뻔뻔스럽게 다가온다. 사람을 슬프게 하는 일에는 발빠르게 앞장서지만, 기쁘게 하는 일에는 언제나 게으르다.

219

소망이 멈추는 곳에
두려움이 엄습한다

늘 조금의 아쉬움을 남겨두어라. 달도 차면 기울 듯이 최고의 행복이 지나고 나면 불행이 찾아오기 쉽다. 그러므로 조금은 아쉬움을 남겨두는 것이 좋다. 숨을 쉬는 것은 육신의 몫이고, 노력하는 것은 정신의 몫이다. 모든 것을 갖추고도 불행한 사람들이 있다. 사랑하는 이성에 대해서는 알고 싶은 것이 있어야 하고, 사람은 목적이 분명해야 한다. 호기심도 희망도 목적이 분명해야 생겨나는 법이다. 인생에서 더 이상 추구할 것이 없어지면 두려움이 엄습한다. 소망이 멈추는 곳이 바로 두려움이 출발하는 곳이다.

백 번 잘하는 것보다
단 한 번의 실수를 용납하지 마라

　백번 잘하는 것보다는 단 한 번의 실수를 용납하지 마라. 한낮에 떠 있는 찬란한 태양을 올려다보는 사람은 없지만, 떨어지는 태양을 보는 사람은 많은 게 세상 이치다. 세상의 평판이란 것은 당신의 성공은 모르는 척하지만, 당신의 실수는 입에 침이 마를 정도로 떠벌이는 법이다. 사람들은 좋은 일에 대한 찬사보다 좋지 않은 소문을 더 널리 퍼뜨리게 마련이다. 대부분의 사람들은 세상을 뜰 때까지 이러한 세상 이치를 깨닫지 못하는 법이다. 평생을 걸고 이룩한 업적일지라도 작은 과실 하나를 가리지 못하는 게 현실이라는 것을 잊지 말라.

가야 할 곳이 어딘지
잊지 않고 전진한다

언제나 삶의 종점을 머릿속에 기억해야 한다. 사람은 웃음의 대문을 지나 즐거움의 집으로 들어선 뒤 얼마 지나지 않아 슬픔의 뒷문을 지나 밖으로 나오게 마련이다. 반대의 경우도 이와 마찬가지이므로 언제든 종점을 생각하고, 출발할 때의 박수소리보다 나올 때의 안전을 먼저 떠올려야 한다. 출발할 때 듣게 되는 박수소리는 그다지 큰 의미가 없다. 출발할 때는 누구나 박수를 받게 되어 있다. 온갖 역경을 헤쳐 나간 다음 물러날 때 받는 박수야말로 의미가 크다. 물러날 때까지 안전하게 행운의 여신이 지켜주는 경우란 거의 없기 때문이다. 언제나 처음에 등장한 사람은 정중한 대접을 받지만, 물러나는 사람은 경멸을 당한다.

진실에도
꿀을 발라야 할 때가 있다

진실을 자유자재로 다룰 줄 알아야 한다. 알고 보면 세상에서 가장 위험한 것 중의 하나가 진실이기 때문이다. 그럼에도 목숨을 아끼지 않고 진실을 밝히려는 부류가 있다. 정의로 무장한 사람들이다. 그러나 진실을 밝히기 전에 그것을 다루는 기교부터 익혀야 한다. 정신의 영역을 치료하는 의사는 때때로 진실에 꿀을 바르는 방법을 생각하는 이유가 거기에 있다. 진실이란 잘못 쓰면 쓰디쓴 약으로 변하기 때문이다. 하나의 진실이 다른 결과를 낳기도 한다. 누군가에게는 아첨도 되고, 다른 이에게는 화살이 될 수도 있다. 지금 자신에게 일어나고 있는 일을 지난 일을 통해 볼 수 있어야 한다. 또한 통하는 사람들끼리는 한 번의 눈짓만으로도 진실은 통하는 법이다. 그러나 어떤 몸짓으로도 통하지 않는 사람들 사이에는 어색한 침묵만이 흐를 뿐이다.

223

세상의 찬사나 혹평에
일희일비하지 않는다

세상 사람들 중 절반이 다른 절반을 비웃는다면 양쪽 다 바보가 되기 쉽다. 그들의 선택이란 대부분 양자택일이라 모든 일이 좋거나 나쁘게 마련이다. 매사를 자기 고집대로만 밀어붙이는 사람 역시 스스로를 바보라고 인정하는 것이나 마찬가지다. 두뇌를 제대로 움직이는 대신 감각으로 일을 하기 때문이다. 누군가 무슨 실수를 하더라도 감싸주는 사람은 있게 마련이다. 우리가 행하는 일을 몇몇 사람들이 꺼림칙해한다는 이유로 너무 의기소침해할 필요는 없다. 당신이 하는 일을 인정하고 격려해주는 사람도 있기 때문이다. 그렇다고 해서 찬사에 너무 흥분할 필요도 없다. 그런 일을 부정적으로 보는 사람들도 있기 때문이다. 명성이 높은 이들 중 말의 힘을 가진 사람들의 찬사야말로 진실로 만족할 만한 것이다.
그러나 사람이란 어느 한 사람의 찬사나 순간에 불과한 칭찬
에 연연하며 살아서는 안된다.

224

권위는 권력이
아니라 도덕으로부터 나온다

　　그대가 속해 있는 분야에서 인정을 받는 권위자가 되라. 위엄 또한 잃지 않도록 노력하라. 비록 대통령은 아닐지라도 누구나 자신이 몸 담고 분야에서 열정과 고매한 정신으로 일에 매진한다면 대통령 못지 않은 위엄을 갖출 수 있다. 결코 대통령에 뒤지지 않는 업적을 성취할 수 있도록 맡은 일을 성심껏 하라. 진정한 권위는 그것을 내세우지 않는 겸손함에 있는 것이다. 또한 이러한 숭고한 정신을 잃지 않는 사람은 절대 타인을 시기해서는 안된다.

어떤 일이든 지나치면
역효과가 난다

가능한 한 단맛 쓴맛을 모두 맛보지 말라. 경사와 조사도 이와 마찬가지다. 또한 정의란 지나치게 강조하면 아니하느니만 못하다. 역효과가 날 수 있기 때문이다. 감귤을 너무 쥐어짜면 마지막에는 떫은맛이 나오는 것과 같은 이치이다. 그러므로 어느 한 가지에 너무 치우치지 마라. 긴장이 너무 오래 지속되면 정신이 흐려지게 마련이다. 젖소도 지나치게 젖을 짜면 피가 나오는 법이다.

226

부정을 멀리하고
정직을 가까이하라

정직한 거래는 세속에서 이미 종말을 맞았다. 진실마저 가자미눈을 뜬 채 세상을 보고 있다. 마음의 벗은 드물고, 최선을 다한 끝에 받는 대가는 푼돈이다. 오늘날의 세상 인심이 바로 그렇다. 그렇지만 친구의 빗나간 행동에는 동조하지 말고 되도록 멀리하는 것이 좋다. 잘못된 행동일수록 물들기 쉽기 때문이다. 그러나 정말 중요한 것은 다른 사람들이 어떤 사람인가 아는 것보다는, 자기 자신이 어떤 사람인가를 아는 것이다. 그리고 그것을 잊지 말라.

명성을 유지하는
마르지 않는 밑천은 진실이다

명성을 얻기 위해 최선을 다하라. 그리고 그것을 얻은 뒤에는 애써 지켜라. 명성을 얻는다는 건 정말 어려운 일이기 때문이다. 성품만 좋다고 해서 얻어지는 것이 아니다. 그러나 이것은 얻기는 힘드나 일단 얻고 나면 유지하기 쉬운 것이 명성이다. 또한 명성에는 구속력이 있지만, 그럴수록 효과는 더욱 크게 마련이다. 명성은 고귀함에 그 뿌리를 두고 있어서, 한번 추앙을 받으면 권위도 딸려오는 법이다. 하지만 진실을 바탕으로 한 명성만이 지속적인 생명력을 갖는다는 것을 잊어서는 안된다.

228

살면서 양보해서는 안되는 것은
재산이 아니라 명예다

　　다른 사람에게 절대 명예를 양보하지 말라. 만일 명예가 걸려 있는 일을 하게 된다면 모든 것을 상대와 똑같이 나눠 갖도록 해라. 당신의 명예에 흠이 되는 일은 절대로 해서는 안된다. 만일 피치 못할 경우라면 신중하게 행동하라. 상대방과 위험 부담을 똑같이 분담한 뒤 뭔가 일이 일어나면 상대방이 당신에게 이롭지 못한 증언을 삼가도록 하라.

고상한 성품은
훌륭한 삶 속에 박힌 심장이다

고상한 성품을 잃지 않도록 하라. 성품이 고상해야 훌륭한 인간이 될 수 있다. 또한 한 명의 뛰어난 사람이 다수의 보통 사람들보다 가치가 있다는 것을 잊지 말라. 헤아릴 수도 없고 전지전능한 존재가 신이지만, 모든 일에 뛰어나게 유능한 존재는 영웅이라고 할 수 있다. 그의 모든 행동거지가 위대하고 거룩하게 빛이 나는 것이다.

230

행복은 손님처럼 잠시 머물지만
명성은 가족처럼 오래 동거한다

　　행복은 일시적이지만, 명성은 지속적이라는 사실을
잊지 말라. 행복은 현재를 위한 것이고, 명성은 미래를 위한 것
이기 때문이다. 행복은 바라는 대상이지만, 명성은 이루어내
는 대상이다. 또한 명성은 그 자체의 가치로부터 나오는 것이
다. 거인들의 자매인 명성의 여신은 지금도 특이하거나 괴상
한 것, 그리고 갈채의 대상이 되는 것을 뒤좇아다니고 있다.

마음을
주기적으로 새롭게 하라

마음을 늘 새롭게 하라. 자연적인 방법도 좋고, 인위적인 방법도 좋다. 사람의 심성은 7년마다 변화한다는 말이 있다. 그러므로 고칠 것을 찾아내어 자기 자신을 개선해야 한다. 또 사람은 태어나서 7년이 지나야 비로소 분별력을 갖게 된다는 말도 있다. 그리고 7년이 지날 때마다 좀 더 완성된 품성을 갖춘다는 말도 있다. 이 변화의 주기를 잘 살펴 스스로를 변화시켜라. 사람은 이십 세가 되면 공작으로, 삼십 세에는 사자로, 사십 세에는 낙타로, 오십 세에는 뱀으로, 육십 세에는 개로, 칠십 세에는 원숭이로 변하지만, 팔십 세가 되면 아무것도 아닌 존재가 된다는 말이 있다.

232

예언자를 꿈꾸는 게 아니라면
시대의 조류에 맞춰 산다

시대의 조류에 맞춰 사는 사람이 되라. 뛰어난 사람도 시대의 한 부분일 뿐이다. 모두가 자신에게 맞는 시대 속에 살아갈 수는 없다. 자신에게 맞는 시대를 발견하고도 많은 사람들이 그것에 부응하지 못하고 잊혀진다. 시대를 앞서가는 사람들도 있다. 하지만 안타깝게도 선이 언제나 승리하는 것은 아니다. 사물마다 알맞은 시기가 있고, 훌륭한 미덕조차도 시대의 흐름을 따른다. 하지만 미래를 내다보는 지혜로운 이에게는 장점이 있다. 그것은 소멸되지 않는다는 것이다. 당대가 아니라 해도 그에게 맞는 시대를 언젠가는 만날 수 있을 것이다.

사는 데 필요한 것들은
꼭 여벌을 마련한다

　　인생에 필요한 조건을 두 배로 구비하면 생활 역시 두 배로 즐길 수 있다. 아무리 마음에 드는 일이라도 그 일에만 목을 매거나 삶의 방향을 한정시켜서는 안된다. 생활 방식, 좋은 생각, 만족 등 모든 것을 곱절로 가지면 좋다. 하늘의 달도 시시각각 변하는데, 인간의 삶 속에 있는 사물은 얼마나 더 많은 변화를 겪겠는가! 이처럼 깨어지기 쉬운 인생을 안전하게 이끌어 가기 위해서는 필요한 것을 곱절로 갖추어야 한다. 우리 몸에 팔과 다리가 둘이듯 우리는 인생을 살아가는 데 필요한 것들을 곱절로 갖추기 위해 애써야 한다.

234

재앙의 불씨를
가벼이 여기지 않는다

　재앙의 불씨가 아무리 희미하더라도 결코 가벼이 여겨서는 안된다. 행운도 그렇지만 재앙은 결코 혼자 오는 법이 없기 때문이다. 그런 이유로 잠자는 불행을 흔들어 깨울 필요는 없다. 불행의 늪 속으로 한 발짝 빠져 들어갔다 해서 그 바닥을 본 게 아니기 때문이다. 세상의 모든 행복을 실현하기 어려운 것처럼, 모든 재앙도 사라지는 것이 아니다. 고로 하늘이 내려주는 일은 인내로 대하고, 세상 사는 지혜로 웅하라.

완전한 자신의
주인이 된다

　　언제나 냉철함을 잃지 말라. 격정의 노예가 되지 않게 하기 위함이다. 위대한 마음의 소유자만이 그렇게 할 수 있는 것이다. 모든 위대한 것은 결코 가볍게 움직이지 않는 법이다. 완전한 자신의 주인이 되어라. 그리고 좀 더 담대해져서 어떤 행운이나 불행에도 격노하지 말라. 오히려 모든 것을 초월한 듯 무심한 행동이야말로 뭇 사람들의 경탄을 불러일으키게 된다.

236

인생은 자신과 동행하는
여행이다

인생을 잘 다루어라. 휴식이 없는 삶은 쉬지 않는 여행처럼 피곤한 일이다. 지혜로우면 인생을 잘 다룰 수 있다. 인생의 첫 번째 단계는 죽은 이들과의 교감으로 보내라. 우리는 자신을 인식하고 깨닫기 위해서 산다. 좋은 책은 우리를 인간답게 만든다. 인생의 두 번째 단계는 산 사람들과 보내라. 그러면서 세상의 좋은 것들을 보고 느껴라. 좁은 땅에서는 모든 것을 다 발견할 수 없다. 천지를 창조하신 하나님도 모든 것을 배분해 아름다운 것과 추한 것을 섞어놓으셨다. 인생의 세 번째 단계는 자기 자신과 함께 하는 것이다. 이 마지막은 행복이란 사색을 하며 사는 것을 말한다.

진지하게 살다가도
때로는 유쾌하게 즐긴다

  적당히 명랑한 것은 장점이다. 뛰어난 사람들도 때로는 익살스런 행동을 한다. 그로써 다른 이들의 호의를 얻는다. 하지만 그들은 지혜와 명예 앞에서는 한눈을 팔지 않는다. 난제에 말려들게 되면 재담으로 벗어나는 사람도 있다. 가벼운 재담도 누군가에게는 진지한 것일 수 있다. 친화력을 갖춘 사람은 다른 이들의 마음을 끌어당긴다.

238

평범한 삶은 편안하면서 아름답고,
비범한 삶은 불편하면서 위대하다

평범한 사람들은 같은 유의 사람들과 잘 통하는 법이
다. 그들은 평범한 삶이 얼마나 안락한지, 그 장점에 기꺼워하
는 동시에 자신들의 삶을 아름답게 꾸민다. 평범한 것들이 변
화무쌍하게 변화하는 모습은 언제나 감동을 주게 마련이다.
그러나 세상에서 가장 높은 자리를 차지하는 것은 위대한 예
술이다. 자연이 사람들을 자신의 축소판으로 만든 것처럼, 예
술 역시 오랜 연마를 통해 사람들을 소우주로 만든다.

스스로 깨달은 경지가
가장 크다

스스로에게 만족하라. 통나무 속에서 살았던 그리스의 철학자 디오게네스는 무소유를 실천하고 유유자적했기에 죽음 앞에서도 당당할 수 있었다. 전 세계와 로마제국을 들었다 놓는 박학다식한 친구가 자기 안에 있다면, 먼저 그대가 나서서 이런 친구를 맞이하라. 그렇게 한다면 사람은 누구나 능히 혼자 지낼 수 있을 것이다. 스스로 깨달은 경지보다 더 큰 깨달음의 경지를 찾을 수 없고, 자신의 취향보다 더 고상한 취향을 가진 자를 찾을 수 없는데, 굳이 또 다른 누군가를 찾을 필요가 있겠는가? 최고의 존재가 될 수 있는 지름길이 있다면 그것은 자신에게 의존하여 살아가는 것이다. 그럼으로써 행복도 최고가 될 수 있다.

240

고상하고 자유로운
매력을 잃지 않는다

일을 할 때는 고상하고 자유로운 매력을 잃지 말라. 그리하면 재능에는 생기를, 말에는 리듬을, 행동에는 정신을, 명예에는 멋을 부여할 수 있을 것이다. 이 밖에 당신을 더욱 완벽하게 해주는 것이 있다면, 그것은 천성에 딸린 장식품들이라고 할 수 있다. 고상하고 자유로운 매력은 완전함을 보장해 주는 실체이다. 또한 이것은 자연의 선물이라고 할 수 있으므로 드러나게 마련이며, 교육보다 더 높은 가치를 지니고 있다. 매력이 가진 민첩성과 대담함은 자연적인 것이므로 행동에 완벽함마저 더해 주는 법이다. 그러므로 매력이 없는 우아함은 생명력이 부족하다는 것을 느끼게 한다. 용기와 지혜, 그리고 신중함과 위엄을 능가하는 것이 매력이다.